2
츠키요 루이
일러스트 레이아
세계 최고의 암살자, 이세계 귀족으로 전생하다
The world's best assassin,
To reincarnate in a different world aristocrat
KYOKASHO

† 마하
루그가 만든 화장품
브랜드의 대표 대리.
자금과 물자의 원조,
정보 수집 등으로
루그를 백업한다.
† 노이슈
4대 공작 중 하나인
게피스 가문의 장남.
재능 넘치며 노력을
게을리하지 않는 미남.
† 타르트
루그의 전속 메이드이자
암살 조수. 자신을 거둬 준
루그에게 의존하는 경향이
있다.
† 디아
이웃 나라의 귀족 영애.
마법 재능으로는
인류 최고 클래스.

† 루그
신동이라고 불리는
암살 귀족의 장남.
전생하기 전에는 세계 최고의
암살자였다. 그 지식과 경험을
마법과 조합해 나간다.
† 에포나
역대 최강이자 가장
마음이 불안정한 용사.

Contents

The world's best assassin,
to reincarnate in a different world aristocrat

◉ 프롤로그 암살자는 새로운 가족을 맞이한다 ········· 011
◉ 제1화 암살자는 신생활을 통보받는다 ········· 019
◉ 제2화 암살자는 신기를 손에 넣는다 ········· 039
◉ 제3화 암살자는 눈동자를 손에 넣는다 ········· 049
◉ 제4화 암살자는 용사와 만난다 ········· 063
◉ 제5화 암살자는 시험을 끝낸다 ········· 079
◉ 제6화 암살자는 밀명을 띤다 ········· 095
◉ 제7화 암살자는 용사와 친구가 된다 ········· 103
◉ 제8화 암살자는 수업을 받는다 ········· 115
◉ 제9화 암살자는 용사에게 도전한다 ········· 125
◉ 제10화 암살자는 용사에게 인정받는다 ········· 135
◉ 제11화 암살자는 필살기를 시험한다 ········· 147
◉ 제12화 암살자는 암살자를 암살한다 ········· 157
◉ 제13화 암살자는 수술한다 ········· 167
◉ 막간 암살자는 용사와 약속한다 ········· 177
◉ 제14화 암살자는 군무를 받는다 ········· 205
◉ 제15화 암살자는 마력을 공급한다 ········· 213
◉ 제16화 암살자는 오크와 싸운다 ········· 221
◉ 제17화 암살자는 실패한다 ········· 231
◉ 제18화 암살자는 사과한다 ········· 241
◉ 제19화 암살자는 발견한다 ········· 249
◉ 제20화 암살자는 조력한다 ········· 261
◉ 제21화 암살자는 구한다 ········· 271
◉ 제22화 암살자는 보여 준다 ········· 279
◉ 제23화 암살자는 용사에게 신뢰받는다 ········· 289
◉ 에필로그 암살자는 학원을 떠난다 ········· 299
◉ 작가 후기 ········· 304

"이 교복, 몸에 딱 맞아요.
움직이기 편하고,
저도 마음에 들어요."
"나도 그쪽이
좋았을 것 같아.
그쪽이 더 귀여운걸."

총 스무 자루를 동시에 조준하는 일은
일반인에게 불가능하지만,
【한계 돌파】로 성장 한계가 없는 내 뇌라면
간단한 일이다—.
풀 파이어
“【일제 사격】”

2

세계 최고의 암살자, 이세계 귀족으로 전생하다

The world's best assassin,
To reincarnate in a different world aristocrat

츠키요 루이
일러스트 레이아
옮긴이 송재희

아침이 와서 눈을 떴다. 왼팔에 따뜻한 감촉이 느껴져서 그쪽을 보았다.

"루그 니임~ 그럴 수가, 안 대여어~."

잠꼬대를 하며 타르트가 팔을 껴안고 있었다.

열네 살에 이미 나올 곳이 나온 부드러워 보이는 금발 소녀.

타르트는 어릴 때 필요 없다면서 산에 버려졌다.

그 일이 트라우마가 되어 때때로 불안정해졌다. 그래서 타르트가 외로움을 견디지 못할 때는 함께 자고 있었다.

사람의 체온은 평안을 주는 힘이 있기 때문이다.

"대체 무슨 꿈을 꾸고 있는 거야?"

행복하게 자는 타르트의 얼굴을 보고 있으니 나까지 행복한 기분이 들었다.

최근 같이 자는 빈도가 높아졌다.

정신이 불안정해진 건가 싶어서 걱정했으나, 그저 어리광 부리기 위한 구실로 삼고 있음을 곧 깨달았다.

원래는 나무라야겠지만 타르트와 같이 자는 것은 나도 나쁘지 않아서 묵인하고 있었다.

이 아이는 필사적으로 이바지하고 있고, 어제는 특히나 노력했다.

이 정도 어리광은 들어주고 싶었다.

"타르트, 일어나."

자는 얼굴을 계속 보고 싶다는 기분을 억누르고 타르트의 어깨를 흔들었다.

슬슬 일어나지 않으면 아침 식사를 제때 준비하지 못하게 된다.

눈을 슬쩍 뜬 타르트가 왼팔에서 떨어져 상체를 일으켰다.

"루그 니임~ 샤랑해여~."

혀 꼬부라진 소리를 내더니 이번에는 허리를 끌어안았다.

타르트는 네글리제 차림이었다. 얇은 천을 걸치고 있을 뿐이라 훌륭하게 자란 몸을 싫어도 의식하고 말았다. 그리고 추격타로 내 가슴에 뺨을 비비기 시작했다.

"사랑하는 건 알겠는데 떨어져 주지 않을래?"

"머 어때여. 아까까지 그런 일을 하고 있었는걸여."

"무슨 말인지 모르겠어."

"꿈속에서는, 어리광 부려도…… 아야."

타르트의 뺨을 꼬집자 울상이 되었다.

"슬슬 눈을 떠."

"앗, 어라, 혹시 이거, 꿈이."

"잘 잤어? 타르트."

"아, 흐아아아아, 이, 이건, 그런 게, 아니라, 루그 님, 꺄악!"

타르트는 새빨개져서 허둥지둥 몸을 떼며 엉덩방아를 찧었고, 그대로 뒤로 물러나다가 침대에서 떨어졌다.

보이면 안 되는 부분이 성대하게 보였지만 본인은 그걸 신경 쓸 겨를이 없는 듯했다.

"저기, 아니에요. 이건 그러니까."

"알고 있어. 잠이 덜 깨면 그럴 수도 있지. 그보다 시계를 봐."

"……앗, 서둘러야겠다."

타르트는 빨갰던 얼굴이 파래져서 내 벽장을 열고 하녀복을 꺼냈다.

등을 돌리자 타르트가 옷을 갈아입기 시작했다.

이렇게 같이 자는 빈도가 높기에 타르트의 옷을 몇 벌 내 방에 두고 있었다.

"그, 그럼 다녀오겠습니다! 루그 님, 방금 저지른 실례는 나중에 다시 사과드릴게요!"

돌아보자 평소처럼 하녀복을 입은 타르트가 머리를 숙이고 맹렬한 속도로 방을 나갔다.

"이렇게 잠투정하는 타르트는 처음 봤어."

타르트는 비교적 깔끔하게 일어나는 편이다.

분명 어제 무리했기 때문이겠지.

한계를 넘어 디아 곁으로 가는 나를 원호했고, 그 후에는 계속 우리가 돌아오기를 기다렸다.

……그나저나.

“역시 이 나이 때 몸은 이성과 본능이 별개의 생물이 되는구나.”

한숨을 쉬었다. 열네 살이라는 사춘기, 즉, 성욕이 높아지는 시기에 얇은 옷을 입고 안기는 타르트의 부드러움과 냄새는 독과 같았다.

눈에 보이는 형태로 반응하고 있고, 그런 욕망이 끓어올랐다.

……나는 그 아이의 스승이자 아빠이자 오빠로서 대하고 있다.

남자의 욕정을 타르트에게 보여서 신뢰를 배반하고 싶지는 않았다.

좀 더 조심해야겠어.

◇

평소와 똑같은 시간에 거실로 향했다.

이미 부모님과 디아가 있었다.

“잘 잤나요? 루그. 보세요. 제가 예전에 입던 옷을 디아에게 줬어요. 잘 어울리죠?”

“무척 예뻐. 디아에게는 흰색이 잘 어울려.”

디아는 고급스러운 흰색 서머 드레스를 입고 있었다.

디아의 새하얀 피부와 은발에는 흰옷이 안성맞춤이었다.

“고마워. 하지만 좀 쑥스럽네. 이런 여자다운 옷은 오랜만에 입어.”

“후후후! 역시 디아는 제 옷이 딱 맞네요. 타르트는 키는 그렇다쳐도 가슴이 너무 커서 옷 입히기 인형…… 크흠! 예쁘게 꾸며 줄 수 없어서 아쉬웠어요."

"아니, 엄마는 타르트한테 입힐 옷을 직접 만들고 있잖아. 엄마의 취향이 훤히 드러나는 옷을."

"하나하나 만들면 오래 걸려서 이것저것 시험해 볼 수 없잖아요! 하지만 디아는 제 옷을 입힐 수 있으니 마음껏 놀 수 있어요!"

어머니는 타르트를 좋아해서 여러모로 챙겨 줬고, 특기인 재봉으로 옷을 만들기도 했다.

"있지, 루그. 타르트가 누구야?"

디아가 표정을 약간 굳히고서 물었다.

"내 전속 하녀이자 제자이자 조수야. 우수하고 솔직하고 열심히 노력하는 아이지. 널 구하러 갈 때도 애 많이 썼어. 호랑이도 제 말 하면 온다더니, 본인이 온 모양이야."

타르트가 식사를 차리러 왔다.

우선은 음료를 전원에게 나눠 줬다. 오늘은 갓 짠 사과 주스였다.

"이 아이가 타르트구나."

"그래, 맞아. 타르트, 디아에게 인사해."

"앗, 네. 저는 루그 님의 전속 하녀인 타르트라고 합니다. 조수 일도 하고 있습니다."

"나는 디아. 잘 부탁해. 그리고 고마워."

"아, 아뇨. 저는 루그 님의 조수니까요."

"흐응~ 루그를 좋아하는 모양이네."

"예? 아, 그게, 무척 존경하고 있고, 정말 좋아하지만, 그런 게 아니라."

타르트가 당황해서 어쩔 줄을 몰라 했지만 디아는 침착했다.

"딱히 숨길 일은 아니고, 나를 배려할 필요도 없어. 루그는 귀족이니까. 첩 한두 명은 있는 게 당연해."

디아는 귀족이라 그런 부분을 이해했다.

만약 아내가 한 명뿐이라면 후계자가 태어나지 않아 대가 끊길 위험이 있다.

아이가 태어나더라도 그 아이가 대를 이을 때까지 무사하리라는 보장도 할 수 없다.

여러 아내를 두고 예비 후계자를 만드는 것은 귀족으로서 상식이었다.

"그, 그럴 수가, 말도 안 돼요. 저는 루그 님 곁에 있을 수 있다면 그걸로 만족해요."

"그런 걸 좋아한다고 하는 거야. 이렇게 귀여운 아이가 좋아해 줘서 루그는 행복하겠네."

"그래. 타르트에게는 늘 감사하고 있어."

"흐아아. 저기, 그, 음식을 바로 가져올게요. 실례하겠습니다!"

얼굴을 붉힌 타르트가 부엌으로 뛰어 돌아갔다.

그 모습을 지켜보고 나서 디아의 표정이 진지하게 바뀌었다. 그리고 아버지를 보았다.

"이번에 비코네를 위해 투아하데의 힘을 써 주셔서 감사합니다. 키안 님, 루그 님. 몸뚱이만 달랑 온 탓에 사례로 드릴 만한 게 이것밖에 없네요. 부디 받아 주세요."

디아가 아버지에게 커다란 보석이 달린 반지를 건넸다.

……디아는 마치 약소한 물건처럼 말했지만 국보급 물건이었다.

내다 팔면 3대까지 놀고먹을 수 있다. 애초에 돈만 있다고 손에 넣을 수 있는 물건이 아니었다.

"그걸 받을 수는 없어. 모친의 유품 아닌가? ……사례는 됐다. 오래전에 비코네 백작에게 받았어. 게다가 실제로 움직인 아들은 너와 한 약속을 지켰을 뿐이라고 하니 말이다."

"알겠습니다. ……그럼 수업료로 받아 주시면 안 될까요?"

"수업료?"

"제게 암살술을 가르쳐 주세요. 투아하데의 암살술이 제게는 필요해요. 마법을 잘 쓰는 것만으로는 안 된다는 걸 깨달았어요. 그러니 부탁드립니다."

이번 일로 자신의 무력함을 통감한 거겠지.

디아는 백작 영애로서 전투 훈련을 얼추 받았다.

하지만 더 높은 경지로 가기 위해 투아하데의 기술을 바라고 있었다.

어쩌면 지하에 숨어 힘을 기르고 있는 부친을 돕고 싶은 것일지도 모른다.

"통상적으로 투아하데의 기술을 맡기는 건 직계뿐이야. ……아니, 괜찮으려나. 디아는 내 딸이 될 테니 자격은 있어. 그 얘기는 식사 후에 하지. 모처럼 귀여운 사용인이 만들어 준 수프가 식어

버리겠어."

타르트가 수프 그릇을 들고 왔다.

생선 수프였는데 좋은 냄새가 났다.

"나도 찬성이야. 타르트가 만들어 준 요리를 맛있게 먹고 싶어."

"알겠어. 그럼 식사 후에."

일단은 식사다.

그리고 그 후에 아버지는 디아가 내 동생이 되는 것과 앞으로 할 일을 이야기할 것이다.

알반 왕국에서 5년 전부터 시작된 새로운 시도를.

젊은 마력 보유자들이 귀족을 중심으로 모여 우정을 키우며 서로 경쟁한다.

디아를 동생으로 삼는 것은 그곳에 나와 함께 가기 위해서이기도 했다.

타르트가 식사를 모두 차리고 평소처럼 내 뒤에 섰다.

함께 식사하고 싶지만 그러면 다른 하인들의 기강이 서지 않는다.

메인 디시는 영지 내 호수에서 잡은 생선으로 만든 말린 생선 수프였다.

"루그, 처음 보는 생선이야. 이건 무슨 생선이야?"

"루난송어야. 맛있고, 커다란 생선이라 포만감을 줘서 투아하데에서 흔히 먹어."

"흐응, 좋은 냄새가 나."

큼직한 생선 살이 든 수프를 보고 디아가 감탄했다.

"바로 먹자. 요리는 말로 설명하기보다 직접 먹는 편이 알기 쉬워."

"응, 그렇지. 기대돼."

타르트가 만든 수프를 맛보았다.

생선살과 뿌리채소가 듬뿍 들어간 수프는 아주 훌륭했다.

레몬즙을 살짝 넣어서 맛을 다잡는 것이 투

아하데류였다.

이건 원래 어머니의 특기 요리로, 어머니가 타르트에게 전수했다.

수프를 즐기며 아침에 갓 짠 염소젖으로 만든 신선한 버터를 빵에 발라 먹었다.

빵도 맛있었다. 화장품 브랜드 오르나에 파는 유화제를 만들고 남은 대두 찌꺼기를 섞은 대두빵. 향긋하고 영양가 있으며 맛도 좋았다.

내가 고안하여 유행 중인 투아하데령의 새로운 명물이었다.

목을 축이는 것은 제철 사과로 만든 주스.

오늘 메뉴는 전부 투아하데에서 얻은 재료로 만들어 그 장점을 살린 것이었다.

도회지의 호화로운 요리도 좋지만 내 입에는 투아하데의 요리가 더 잘 맞았다.

"맛있다. 변함없이 투아하데의 밥은 소박하고 맛있네."

"투아하데는 그런 영지야. 그래서 나는 좋아해."

대지와 함께 산다. 진정한 의미에서 풍족한 영지다. 오늘도 그 은혜를 만끽했다.

요리가 없어질 즈음, 아버지가 입을 열었다.

"식사도 일단락됐으니 앞으로 어떻게 할 것인지를 얘기하지. 디아가 디아 비코네로 살기는 어려워."

"응, 그건 알아. 도망 중인 신세니까."

"그래서 새로운 이름과 호적을 준비했다. 클로디아 투아하데. 루그의 동생으로 살아 줘야겠어."

"어? 난 열여섯 살이야! 루그보다 누나인데 동생이라니."

"물론 알지. 하지만 이쪽에서 준비할 수 있는 호적이 그것밖에 없어. 지금부터 새로 준비할 수도 있지만…… 즉흥으로 만든 호적은 조사하면 반드시 허점이 드러나. 그런 점에서 클로디아의 호적은 14년 전에 준비해 뒀기에 허점이 드러나지 않지."

이 호적은 어떤 사태를 상정하여 준비한 【보험】이었다.

"하지만 내가 열네 살이라고 하면 이상하지 않을까? 의심받지 않을까?"

불안한 얼굴로 중얼거리는 디아의 어깨를 어머니가 두드렸다.

"괜찮아요. 키가 작고, 동안이고, 가슴도 작고, 열두 살이라고 해도 믿을 거예요!"

"……그 말, 은근히 상처받는데. 그보다 마흔 살이 넘었으면서 20대로 보이는 사람에게 그런 말 듣고 싶지 않아!"

"비코네는 그런 집안이니까요. 하지만 나쁘기만 한 건 아니에요. 이 나이가 되면 주변 친구들은 다들 피부가 탄력을 잃고 이것저것 처져서 큰일이지만 우리는 편해요."

비정상적으로 젊어 보이는 어머니가 말하자 설득력이 있었다.

……어쩌면 디아도 어머니처럼 아무리 나이를 먹어도 늙지 않을지도 모른다. 어떤 의미에서는 마법보다 더한 신비였다.

"나는 제대로 성장할 거야! 작년보다 키도 가슴도 조금 커졌어!"

"후후후, 기대하지 않는 편이 좋아요. 저도 그랬으니까요……."

어머니는 경험자의 여유를 부리며 말했다. 분명 어머니 나름대로 고생했을 것이다.

“크흠! 이야기를 계속해도 될까?”

아버지가 헛기침하여 다시 자신에게 주의를 돌렸다.

……참고로 어머니가 비정상적으로 동안이라 아버지도 고생하고 있었다. 너무 젊어 보이는 어머니와 함께 파티에 가면 이런저런 말을 들었다.

“디아를 열넷으로 한 이유는 하나 더 있다. 알반 왕국에서는 마력 보유자라면 열네 살 여름부터 열여섯 살 여름까지 왕립 기사 학원에 다녀야 해. 귀족은 강제 참가고, 일반인은 마력 보유자 중에서 희망자가 입학하지.”

“알반 왕국의 왕립 기사 학원. 들어 본 적은 있어.”

제법 유명한 곳이라 스오이겔 왕국의 디아도 그 이름을 아는 듯했다.

“음, 알다시피 군사력은 얼마나 많은 마력 보유자를 데리고 있느냐에 달렸지. 하지만 그저 마력을 가지고 있을 뿐이라면 쓸모가 없어. 모든 마력 보유자를 단련해서 유사시에 전력으로 쓸 수 있게 만드는 것. ……그게 표면적인 목적이다.”

마력 보유자는 강하다.

마력을 휘감기만 해도 일반병의 검과 화살을 튕겨 내서 어지간한 공격은 통하지 않고, 마력 보유자가 검을 휘두르면 갑옷과 함께 두 동강을 낼 수 있다.

하지만 훈련하지 않은 아마추어는 그 힘을 온전히 쓸 수 없다.

그렇기에 모든 마력 보유자를 2년에 걸쳐 훈련한다.

알반 왕국은 상비군의 규모가 작아서 유사시에는 대부분 왕국의 귀족들을 전력으로 징집하는지라, 마력 보유자를 단련하여 쓸모있는 상태로 만들어 두는 것은 큰 의미가 있었다.

"그게 표면적인 이유라면 진짜 이유가 있다는 거네?"

"그래. 알반 왕국의 귀족들은 자립심이 강해. 알반 왕국을 섬기는 게 아니라, 본인을 영지의 왕이라고 여기는 경향조차 있어. 넓은 세상을 모른 채 부모에게 그렇게 교육받기 때문이지. 그렇기에 또래 귀족들과 만나 세계를 넓히고, 동시에 이 나라에 이바지해야 한다는 이념을 교육하는 거다. 5년 전부터 시작된 제도지만 이미 효과가 나오고 있어. 적어도 새로운 세대는 옛 귀족들보다 다양한 시점에서 생각할 수 있게 됐지."

5년 전에 만들어진 이 제도의 주된 목적은 오히려 후자라고 나는 생각하고 있다.

"그렇구나. 그래서 귀족은 강제고 일반 시민은 희망자만 받는 거네. 내가 열여섯 살이면 강제 참가를 무시한 것이 되니까 열네 살이어야 하는 거고."

"바로 맞췄다. 열넷이라면 올해 입학해도 문제없어. 다음 달부터 루그와 둘이서 배우고 오면 돼."

그리고 아버지는 이 자리에서 말하지 않았지만 나와 동갑인 용사가 나타났다.

반드시 그, 혹은 그녀는 학원에 나타난다.

학우로서라면 편하게 용사에게 접근할 수 있다.

……2년간 용사의 힘을 마음껏 분석할 수 있다. 그리고 친구가 되면 암살하기 쉬워진다.

"알겠어. 루그의 동생이 될게. 하지만 조금 아쉽다……. 언젠가 루그의 아내가 되고 싶었는데."

디아가 슬프게 미소 짓자 아버지가 고개를 갸우뚱했다.

"왜 남매가 되면 결혼을 포기해야 한다고 생각하지?"

"어? 무슨 소리야? 남매잖아. 남매가 어떻게 결혼을 해."

"디아야말로 무슨 소리를 하는 건가요? 알반 왕국에서는 평범한 일이에요."

어머니도 똑같이 고개를 갸우뚱했다.

어쩔 수 없지. 내가 보충 설명을 하자.

"디아, 알반 왕국에서는 마력 보유자를 만드는 게 최우선이야. 부모가 마력 보유자가 아니라면 자식이 마력을 가질 확률은 떨어져. 어느 정도 힘이 있는 귀족은 마력 보유자 반려를 찾을 수 있지만, 그렇지 못한 곳은 약소 귀족에게 돈을 줘서 아이를 만들어. 그것조차 불가능하면 가족끼리 해결할 수밖에 없어."

"돈을 줘서 아이를 만든다고?! 돈으로 그런 일을 한다는 거야? 게다가 가족끼리 해결한다니, 남매끼리?!"

"그래. 그렇기에 이 나라에서는 귀족의 근친혼을 인정하고 있어."

디아의 얼굴이 새빨개졌다가 파래졌다가 난리였다.

"루그와 결혼할 수 있는 건 기쁘지만, 뭔가 복잡한 기분이야."

“우리는 피가 섞이지 않았으니까 상관없잖아? 애초에 남들에게 남매라고 떠벌릴 필요도 없고.”

결국 종착점은 거기였다.

“알겠어! 그럼 나도 신경 쓰지 않을래. 그리고 루그를 오빠라고 부르진 않을 거야!”

“예전에는 나한테 누나라고 부르라고 했으면서.”

“연상인걸! 그리고 지금도 누나라고 불러도 돼.”

에라 모르겠다 싶은 느낌이 꽤 있었다. 하지만 납득해 줘서 다행이었다.

아버지가 만족스럽게 고개를 끄덕였다.

“이로써 디아는 루그의 동생이자 내 딸이 됐다. 날 부를 때는 아빠라고 하면 돼.”

“그럼 저는 엄마라고 불러 주세요! 딸을 갖고 싶었어요.”

“싫어. 그거 꽤 허들이 높아.”

이리하여 디아는 동생이 됐다.

“암살술은 루그에게 배우도록 해. 투아하데의 직계라면 배울 자격이 있어. 다음 달에 기사 학원에 갈 테니, 내가 가르치면 한 달 만에 내팽개치게 돼. 루그에게 배운다면 저쪽에서도 가르침을 받을 수 있겠지.”

“알겠습니다. 책임지고 디아에게 암살술을 가르치겠어요.”

원래부터 디아의 훈련은 필요하다고 생각했었다. 앞으로 팀이 될 테니까.

……그리고 학원은 원숭이 같은 성욕을 가진 젊은 수컷들이 모이는 곳이다.

디아를 놈들의 마수로부터 보호할 생각이지만, 디아에게 스스로 몸을 지킬 힘이 없으면 만일의 사태가 벌어질 수 있다.

그러니 철저히 단련한다.

"저기, 루그. 얼굴이 좀 무서워."

"훈련 메뉴를 생각 중이야. 안심해도 돼. 책임지고 강하게 만들어 줄게."

"살살 부탁해."

"그래. 몸을 혹사시키지 않도록 조심할게."

한계를 넘지 않는 선에서 최대한의 효율을 노리기로 하자.

앞으로 한 달 후에는 학원에 간다.

훈련 말고도 할 일이 있다. 입학하기 전에 사 둬야 할 것들이 있었다.

다음에 「셋」이서 무르테우에 가서 쇼핑하자.

그곳이라면 전부 갖출 수 있을 테고, 이르그로서 그쪽에 가야만 하는 볼일도 있었다.

마차를 타고 상업 도시 무르테우로 향했다.

투아하데에서 마차로 며칠은 걸리는 거리였다.

평범하게 가면 시간이 너무 많이 걸리기에 하루 만에 도착할 수 있도록 수를 썼다.

"거짓말 같은 속도네요. 스쳐 지나가는 사람들이 다들 엄청난 얼굴로 이쪽을 쳐다봐요."

"의료 마법을 살짝 응용한 거야. 마법으로 말의 신체 능력을 강화하고 체력을 회복하고 있어. 그리고 도시에 들를 때마다 말을 바꾸고 있고. 돈과 마법이 있으면 이런 식으로 무리한 일도 가능해."

"……뭔가, 이건 이제 별개의 생물이야. 아, 맞다. 루그, 무르테우에 도착하면 데이트하자."

디아가 귀엽게 몸을 기댔고 그 모습을 타르트가 부럽다는 듯이 보았다.

덧붙여 내가 계속 디아라고 부르는 것은 새로운 호적의 이름이 클로디아라서 약칭으로 자연스럽기 때문이었다.

"물건을 사면서 겸사겸사하는 데이트라도 괜찮다면 그러자. 이번 목적은 기사 학원에서 지정한 물건을 사는 거야. 편지는 읽었지?"

"응, 읽긴 했는데. 뭐에 쓰는지 알 수 없는 것도 많아."

디아가 그렇게 말하며 리스트를 꺼냈다.

마력 보유자이고 열네 살인 모든 귀족에게 편지가 도착했다.

기사 학원의 입학 허가증과 입학할 때 가져와야 할 리스트가 들어 있었다.

"저기, 루그 님. 저도 학원에 다녀도 되는 건가요?"

"물론이지. 내게는 타르트가 필요해. 옆에 있었으면 좋겠어."

"……무척 기뻐요. 저, 열심히 할게요!"

일반 시민도 마력만 가지고 있다면 신청해서 기사 학원에 다닐 수 있었다.

또한 귀족들은 사용인을 한 명 데려올 수 있었고, 사용인도 주인을 따라 함께 수업을 받을 수 있었다.

타르트는 일반인으로도 사용인으로도 학원에 다닐 수 있지만, 사용인으로 신청해 두면 여러모로 융통성이 있기에 그쪽으로 했다.

"우와~ 루그는 이렇게 여자를 함락하는구나."

"……딱히 그럴 요량으로 한 말은 아니야."

"책망하는 거 아니야. 루그가 인기 많으면 나도 콧대가 높아지니까."

그렇게 엄청난 속도로 마차를 달렸다.

무르테우에서 말썽이 없기를 기도하자.

◇

무르테우에 도착했다.

이 도시에 루그로 오는 것은 처음이었다. 이 도시에서는 발로르 상회의 이르그 발로르로 2년쯤 체재했었다.

아는 사람이 몇 명 스쳐 지나갔는데 저쪽은 나를 알아보지 못해서 꽤 재미있었다.

"우선은 운동복을 볼까. 옷단을 수선하려면 시간이 걸릴 테니."

뒤돌아 그렇게 말했지만 디아가 없었다.

쓴웃음을 지은 타르트가 저쪽이라며 안내해 줬다.

“루그, 이건 뭐야?”

디아는 노점에서 파는 과자에 푹 빠져 있었다.

입가에 침이 맺혀 있어서 귀여웠다.

반죽에 벌꿀을 듬뿍 넣어 구운 빵에 과일 잼을 바른 과자였다. 그래서 달콤한 냄새가 났다.

“무르테우에서 인기 있는 과자로 발루타라고 해. 좋아하는 잼을 고를 수 있고, 꽤 맛있어.”

“그래? 그럼 먹어야겠네. ……잼 종류가 많아서 고민된다. 좋아, 정했어. 비파 잼으로 할래.”

“타르트는 어떤 잼이 좋아?”

“으음, 저는 살구가 좋아요.”

“아저씨, 블루베리, 비파, 살구로 부탁해.”

“그래. 형씨 제법인데. 그렇게 대단한 미인을 둘이나 데리고서 데이트라니.”

“부럽지?”

“그럼. 너무 부러워서 이렇게 하겠어!”

농담하며 웃자 노점상 아저씨가 호쾌하게 웃으며 다 구워진 발루타에 잼을 수북이 올렸다.

아저씨 나름의 서비스겠지. 대금과 팁을 내고 디아와 타르트에게 건넸다.

“고마워, 루그. 응, 맛있겠다!”

"사 달라고 조른 것 같네요. 죄송해요."

"아냐, 괜찮아. 비싸지도 않고, 나도 출출하던 차야."

발루타를 베어 물었다.

꿀이 들어간 반죽은 달콤할 뿐만 아니라 수분도 잡아 줘서 촉촉하게 구워졌다.

반죽이 단 만큼 잼은 설탕을 줄였는지 기분 좋게 새콤했다. 그래서 물리지 않았다.

잼에는 그 밖에도 특별한 궁리가 들어가서 과일의 윤곽이 확실히 남아 있었다.

발루타 노점은 많이 보이지만 이 정도로 맛있는 가게는 좀처럼 없다.

상인으로서의 내가 이 점주에게 노점이 아니라 점포를 맡겨 보고 싶다고 속삭였다. 다음에 발로르에게 제안해 보자.

"맛있다! 이거, 꽤 양이 많다고 생각했는데 금방 먹어 버릴 것 같아."

"네, 놀라워요. 잼을 어떻게 만든 건지 궁금해요. 제가 만든 것보다 훨씬 맛있어서 조금 분해요."

"무르테우에서 가장 맛있는 발루타일지도 몰라."

"있지, 루그. 나 블루베리 한 입만. 그것도 맛있어 보여."

"비파 한 입 준다면."

"아! 교환하실 거면 저도 끼워 주세요."

각자의 발루타를 한 입씩 교환했다. 비파도 살구도 나쁘지 않았다.

……그리고 디아, 타르트와 나눠 먹는 것이 맛 이상의 행복을 줬다.

정신 차리고 보니 주위의 시선이 우리에게 모여 있었다.

두 미소녀와 이런 일을 하면 아무래도 눈에 띈다.

슬슬 시선이 따갑다. 다음 장소로 가자.

◇

식사를 끝낸 우리는 노점을 구경하며 쇼핑을 계속했다.

이 도시에서 2년이나 발로르 상회 직원으로 일했기에 주요한 가게는 어느 정도 파악하고 있었다.

최고 품질의 물건들로 샀다. 도구에 돈을 아끼면 큰 손해로 이어진다.

"옷단 수선은 저녁 무렵에 끝난다는 것 같아요."

"그런가. 생각보다 좋은 물건을 살 수 있었어."

"좋은 물건이긴 하지만 역시 늘 입는 옷이 움직이기는 더 편해요."

늘 입는 옷이란 투아하데의 암살복이다.

운동복은 움직이기 편하면 된다고 적혀 있었지만, 암살복에는 투아하데의 비술이 가득 담겨 있기에 남들 앞에 내보일 수 없었다.

"투아하데의 그 옷, 성능도 좋고 착용감도 좋긴 한데 역시 좀 부끄러워. 몸매가 확연하게 드러나잖아."

"부끄러워할 필요 없지 않아? 디아의 몸은 요정처럼 가련하고 매력적이야."

빈말이 아니었다. 가슴이 작고 키도 별로 크지 않은 편이지만 그렇다고 어린이 체형은 아니었다.

늘씬한 모델 같은 체형이었고 허리도 잘록했다. 많은 여성이 부러워할 것이다.

"으으으, 몸매에 자신이 없어서 그런 게 아니라 보여 주는 게 부끄러운 거야."

"그건 어쩔 수 없어. 활동성을 추구하면 아무래도 그렇게 돼."

활동하기 편하다는 말은 몸에 착 붙는다는 말이다.

몸매가 드러나는 것은 어쩔 수 없었다.

"저기, 루그 님. 나중에 개인 시간을 받을 수 있을까요? 사고 싶은 게 있어서요."

"그건 상관없지만 뭘 사려고?"

"그, 그게, 속옷이요. 커져서, 투아하데에서는, 좀처럼, 이런 걸 살 수 없고, 이쪽이 질이 좋아서요……."

아직도 성장하고 있는 건가.

수줍어하는 타르트를 보는 디아의 눈이 싸늘해진 것은 분명 기분 탓이다.

그렇게 오늘의 마지막 가게에 왔다.

무기점이었다.

나는 마법으로 검을 만들 수 있다. 아마 무르테우에서 파는 어떤 검보다도 성능이 좋은 검을. 하지만 그런 물건을 남들 앞에서 쓸 수는 없었다.

그런고로 실력 좋은 장인이 만든 검이 진열된 가게에 들어갔다.

들어가자마자 시선이 느껴졌다.

값을 매기는 듯한 시선이었다.

"여긴 어린애 장난감을 파는 가게가 아니야. 돌아가. ……가만, 평범한 어린애가 아니군. 팔아 주지. 도련님이랑 금발 아가씨, 그 나이에 그 정도 실력이라니 놀라워."

몸이 탄탄하고 눈이 날카로운 30대 중반의 남자가 씩 웃었다.

손님을 가려 받는다고 듣긴 했지만 이 정도일 줄이야.

"고마워. 디아…… 이 아이에게도 팔아 줄 수 있을까? 앞으로 내가 단련할 아이야."

"상관없어. 그 아이도 제법이야. 그쪽이 단련한다면 내 검을 써도 좋아."

……이 아저씨에게는 말 못 하겠다.

어디까지나 학원 수업용으로 쓰는 거고 실전에서는 훨씬 성능이 좋은 검을 쓴다고.

이렇게 멋있는 척을 했는데 그런 취급인 걸 안다면 토라져서 검을 팔지 않을 것이다.

"고마워, 한번 골라 볼게."

나는 우리 세 명이 쓸 검을 골랐다.

체형과 팔 길이에 맞는 검.

성능보다도 오히려 그쪽이 훨씬 중요했다. 조건에 맞는 검을 몇 자루 들어 검의 완성도를 자세히 조사했다.

세 명의 검을 정하고 디아와 타르트에게 한번 가볍게 휘둘러 보라고 했다.

"아, 이거 쓰기 편해."

"저도 딱 맞아요."

"……아니, 손잡이가 안 맞아. 손잡이의 소재를 부드러운 걸로 바꾸고 다시 얇게 감는 편이 좋겠어. 그렇게 주문할 수 있을까?"

"똑같은 제안을 하려던 참이었어. 이렇게까지 잘 알아주니 기쁜데."

무기점 주인은 콧노래를 흥얼거리며 칼자루를 감은 그립을 풀고 더 부드러운 소재로 정성껏 빠르게 감았다.

"완성이군. 가격은……."

평범한 검의 두 배 정도 되는 가격을 말했다.

이 검이라면 타당했다.

품에서 지갑을 꺼내 값을 지불했다.

"고마워. 좋은 물건을 샀어."

"나야말로 좋은 손님과 만났어. 또 와. 검을 아는 손님은 대환영이야."

무르테우에 관해서는 빠삭하게 알고 있는 줄 알았는데, 낮에 봤던 노점도 그렇고 이 가게도 그렇고, 재미있는 가게와 점주는 아직도 더 존재하는 모양이다.

◇

점주와 잡담을 마치고 밖에 나왔다.

이쪽을 향해 젊은 남자 세 명이 걸어오는 것이 신경 쓰였다.

그중 한 명은 부자였다. ……자신이 특별한 존재임을 온몸으로 어필하고 있었다.

신분 높은 부자와 호위 두 명이라는 조합이었다.

부자가 자신에게 어울리는 검을 사겠다고 두 사람에게 큰 소리로 말하고 있었다. 어쩌면 우리처럼 학원에 갈 준비를 하고 있는 걸지도 모른다.

이런 귀족 도련님은 귀찮은 일을 일으킨다.

그 도련님이 타르트와 디아를 보더니 눈이 벌게져서 콧김을 씩씩 내뿜었다. 심지어 고간이 커져 있었다.

앞으로 전개가 어떻게 될지 뻔히 보였다.

내가 투아하데라고 말해도 남작가 따위가 대드는 거냐면서 억지로 디아와 타르트를 데려가려고 할 것이다.

……암살 귀족의 면모를 보이며 위협할 수는 없고, 그렇다고 대외적인 얼굴인 의사로서의 입장과 인맥을 설명한들 이해할 지능이 없을 것이다.

말싸움으로는 신분 차이 때문에 이길 수 없고, 주먹질하면 나중에 문제가 된다.

그럼 어떻게 해야 하는가?

간단하다. 문제가 일어나기 전에 문제의 싹을 잘라 내면 된다.

걸음을 빨리해 타르트와 디아보다 앞서갔다.

그 결과, 타르트와 디아를 노리고 성큼성큼 돌진하는 도련님과 한발 먼저 스쳐 지나갔다.

스쳐 지나가고 몇 발자국 걸었을 때, 고간을 부풀린 도련님이 고꾸라졌다.

호위 두 사람이 새파래진 얼굴로 도련님에게 달려가 일으켰다.

공기 탄환을 날려 턱을 쳐서 뇌를 흔든 결과였다.

살짝 요령을 부려서 발동하는 순간까지 마력 고조를 숨겨 사각지대에서 의식을 뺏을 수 있었다.

만약 녀석이 디아와 타르트를 데려가려고 한 다음에 이런 짓을 했다면 상황 증거로 의심받았겠지만 그 전에 의식을 뺏으면 아무런 문제도 없다.

어느 정도 앞으로 가서 디아와 합류했다.

“저 사람 갑자기 넘어졌죠? 뭐였을까요?”

“최근에 덥고, 일사병 아닐까?”

두 사람에게 위험이 닥쳤던 것도, 그것을 구했다는 것도 말할 필요는 없다.

이 도시를 즐기는 데 방해된다.

“이로써 살 건 다 샀네. 이제 어떡할 거야?”

“여관을 준비해 뒀어. 오늘은 푹 쉬고 내일 아침은 타르트와 둘이서 관광해 줘. 나는 해야 할 일이 있어.”

“말이 미묘한데. 루그, 뭔가 숨기고 있지? 아아, 현지처랑 만나려고?”

“……그런 거 아니야. 일이야.”

마하와 만나는 걸 그렇게 말할 수 있을지도 모르지만 딱히 그런 목적은 아니었다.

"흐응~ 알겠어. 그럼 타르트, 내일 잘 부탁해."

"네, 좋은 가게를 많이 알고 있어요. 기대해 주세요."

"응, 기대할게."

타르트와 디아가 허물없는 사이가 된 듯해서 다행이었다.

참고로 내가 마하와 만나는 것은 마침내 신기가 손에 들어왔다고 들었기 때문이었다.

……강력한 무기를 손에 넣어서 순수하게 기쁘다.

하지만 그 이상으로 신기를 조사하여 손에 들어올 정보에 흥미가 있었다. 해석에 성공한다면 신기를 내 손으로 직접 만들어 낼 수 있을지도 모르니까.

이번에 잡은 여관은 상회에서 일할 때 들었던 여관이었다.

외부에서 온 손님을 대접한다면 반드시 이곳이라는 평가를 받는 곳으로 가격은 무르테우에서도 정상급이었다.

그만큼 서비스가 좋았고 무엇보다 식사가 맛있었다.

디아와 타르트를 위해 돈을 좀 썼다.

식사를 마치고 방에 들어갔다.

인테리어가 훌륭하고, 청소도 잘 되어 있으며, 시트에도 주름 하나 없어서 좋은 인상을 줬다.

"아까 먹은 밥 맛있었어! 모르는 술도 많아서 흥분해 버렸어. 호화로운 요리는 많이 먹어 본 줄 알았는데 처음 먹는 게 잔뜩 있어서 설렜어!"

"무르테우는 항구 도시니까. 전 세계에서 맛있는 음식이 모여. 무르테우 고유의 요리는 별로 없지만, 전 세계의 요리를 즐길 수 있는 게 이 도시의 재미있는 점이야."

"흐응, 내일 관광도 기대되기 시작했어."

"기대해 줘. 이 도시는 손님을 지루하게 만들지 않아."

디아와 내일 있을 관광을 신나게 계획했다.

평소 같았으면 대화에 참가했을 타르트가 오늘은 어색해하고 있었다.

"……루그 님, 하녀인 저까지 이런 사치를 누려도 괜찮은 걸까요? 조금 진정이 안 돼요. 시중받는 건 익숙하지 않아서 안절부절못하게 돼요."

지금 타르트는 하녀복이 아니라 근사하게 차려입고 있었다. 이 여관에 오기 전에 사 준 옷이었다.

투아하데의 하녀복도 귀엽지만 가끔은 한껏 꾸민 타르트가 보고 싶어서 디아와 함께 어울릴 만한 옷을 골랐다.

미소녀인 타르트가 아가씨 같은 차림을 하고 있으니 거리에서 많은 남자가 돌아봤었다.

"가끔은 타르트도 편하게 즐겨야지. 매일 하녀 일을 계속하면 숨 막히잖아."

"저는 루그 님의 시중을 고되다고 여기지 않아요!"

"그렇게 말해 주는 건 기쁘지만 타르트에게는 자신만의 시간도 필요해. ……그리고 타르트와 함께 식사할 기회는 좀처럼 없잖아? 역시 밥은 같이 먹는 게 더 즐거워."

"저와 함께 식사하는 게 즐거우신가요…… 기뻐요. ……그, 그럼 오늘은 루그 님의 상냥함에 기대기로 할게요."

타르트는 너무 열심히 해서 탈이다.

가끔은 억지로라도 쉬게 해야 했다.

"두 사람을 보고 있으니 질투가 나. 함께 있는 게 아주 자연스러운 느낌이야."

"그, 그게, 저와 루그 님은 오랫동안 함께 지냈으니까요."

타르트가 쑥스러워했다. 변함없이 이 아이는 이런 놀림에 약했다.

그 탓인지 잡담하면서 먹고 있는 과자 부스러기가 입가에 묻었는데도 눈치채지 못했다.

지금 이 자리에서 타르트의 입을 닦아 주면 어떤 반응을 보일까?

자그마한 장난기가 솟는 것을 자각하며 나는 냅킨을 집었다.

◇

이튿날 아침, 다시금 두 사람에게 따로 행동함을 고하고서 출발했다.

머리카락을 검게 물들이고, 안경을 쓰고, 필러로 얼굴의 인상을 바꿨다. 발로르 상회의 아들, 이르그 발로르로서의 모습이었다.

목적지는 발로르 상회의 화장품 브랜드, 오르나 본점.

본점은 1층이 가게고 2층에는 창고와 사무소가 있었다.

뒤쪽으로 가서 경비원에게 인사하고 안으로 들어갔다.

계단을 올라가 마하가 있을 집무실 문을 노크했다.

"들어와도 돼."

"다녀왔어, 마하."

"어서 와, 이르그 오빠. 오랜만이야. 줄곧 이날을 기대했어."

내가 거둬 기른 고아이자 이르그 발로르 부재 시에 화장품 브랜드 오르나를 책임지고 관리하는 재녀, 마하가 웃는 얼굴로 나를 맞이했다.

파란 생머리에는 윤기가 흘렀고 살짝 화장을 하고 있었다.

말쑥한 바지 차림도 이지적인 마하의 매력을 더욱 부각했다.

타르트와 똑같은 열네 살이면서 마하는 아름다운 여성으로서 그곳에 있었다.

"변함없이 마하는 예쁘네."

"예쁘다고 해 줘서 기뻐. 이르그 오빠, 그 예쁜 여자를 갖고 싶지 않아? 난 언제든 손대도 상관없어."

"생각해 둘게."

쓴웃음을 지으며 방 중앙에 있는 소파에 앉았다. 타르트와 달리 마하는 늘 직설적으로 이런 말을 했다.

마하가 차를 끓여 내 옆으로 왔다.

처음 맡는 냄새였다. 호기심이 들어 마셔 봤다.

"재미있는 찻잎이야."

"새로 항로가 개척된 남쪽에서 들여왔어. 단맛과 떫은맛의 균형이 잘 잡혀 있고, 마시면 기분이 편안해져. 마음에 들었다면 투아하데에도 보낼게."

"그럼 좋지. 최근 투아하데 쪽에서도 신경 써야 하는 안건이 많거든. 가능하면 끓인 것 말고 생으로 받을 수 있을까? 끓이는 방식에 따라 더 맛있는 차가 될 것 같아."

"알겠어. 좋은 방법을 알게 되면 가르쳐 줘. 슬슬 화장품 말고 다른 것도 다루고 싶어."

이국의 찻잎은 귀중한 물품이다. 본인이 즐기는 것도 좋지만 손님 접대에도 쓸 수 있다.

근황 보고를 겸하여 잡담하며 마하와 차를 즐겼다.

"그럼 바로 예의 그 물건을 볼 수 있을까?"

"성질도 급해. 좀 더 대화를 즐기고 싶었는데. 잠깐만 기다려."

마하는 금고로 가 안에서 그걸 꺼냈다.

낡은 천에 싸여 있었는데 특별한 물건임을 나타내듯 마력이 느껴졌다.

마하가 꾸러미를 풀자 적색과 청색으로 염색한 작은 가죽 주머니가 나왔다.

"이게 신기인가."

"맞아. 【두루미 혁낭】이라고 해. 별로 쓸모가 없었던 모양이라 돈으로 입수할 수 있었어."

무기 외에도 다양한 신기가 있는데 이것도 그중 하나인 듯했다.

"쓸모가 없다고? 설명을 들은 바로는 훌륭한 물건인 것 같았는데?"

"확실히 기능만 보자면 최고지."

그렇게 말하며 마하가 주머니 안에 다기를 전부 정리해 버렸다.

찻주전자, 찻잎 통, 찻잔, 과자가 든 바구니, 우유 주전자.

거기서 그치지 않고 두꺼운 자료 뭉치와 의자까지.

"마력을 주입하면 얼마든지 용량이 늘어나는 마법 주머니. 심지어 무게는 변하지 않아. 유통 면에서는 반칙이라고 할 수 있어."

"전 세계의 상인들이 어떤 대가를 치르더라도 손에 넣고 싶어 할 물건이네."

"……기능적으로는 그렇지. 하지만 치명적인 결점이 있어. 이르그 오빠, 냉정히 생각해 봐. 그렇게 엄청난 물건을, 오르나 경영에 영향을 주지 않는 범위의 금액으로 살 수 있을 것 같아?"

고개를 저었다.

오르나의 대표 대리라는 직함은 대단해서 마하가 운용할 수 있는 금액은 방대했다.

하지만 그래도 부족하다.

"아니. 예를 들어 발로르라면 우리가 들인 돈의 세 배는 낼 거야. 2년 만에 원금을 회수할 수 있으리라고 볼 테니까. 발로르 수준의 상회와 쟁탈전이 벌어지면 승산이 없어."

"맞아. 그렇게 되지 않은 건 치명적인 결점이 있기 때문이야. 상당한 마력을 계속 주입하지 않으면 용량이 그리 대단치 않고, 마력 공급을 멈춘 순간, 이렇게 돼."

주머니 속 내용물이 순식간에 전부 튀어나왔다.

"……그렇군. 마력 보유자가 아니면 쓸 수 없는 데다가, 끊임없이 마력을 주입하는 건 힘든 일이야. 잠깐 볼 수 있을까?"

"응, 여기."

【두루미 혁낭】에 마력을 담아 보았다.

마력을 담자 얼마나 용량이 늘어났는지 대충 알 수 있었다.

일반적인 마력 보유자의 전력 마력 방출량으로 겨우 마차 한 대분 정도였다.

평범한 사람이 전력으로 마력을 방출하면 피로 때문에 3분도 못 버틴다.

일반적인 마력 보유자가 이걸 제대로 운용하려면 기껏해야 배낭 하나 정도.

그렇다면 진짜 배낭을 메는 게 낫다.

“잘 알았어. 이래서 상인들이 욕심내지 않는 거구나.”

“무서워서 장사에는 쓸 수 없어. 하지만 이르그 오빠라면…… 암살자라면 쓸모가 있어.”

“그래. 나라면 이걸 운용할 수 있어. 고맙게 쓸게.”

의심받지 않고 무기를 가져갈 수 있는 것은 암살자에게 큰 이점이다.

하지만 무기를 숨기는 용도로만 쓰기에는 너무 아까웠다.

일반인보다 천 배는 많은 마력량을 가진 나에게 상시 마력 부담은 큰 문제가 아니다.

그러나 한순간이라도 마력이 끊길 시 내용물이 쏟아져 나오는 것은 무서웠다.

아니, 잠깐만.

“그걸 쓸 수 있을지도 몰라.”

포세트에서 팔석을 꺼냈다.

늘 무기로 가지고 다니는 300명분의 마력을 담은 보석이었다.

폭탄으로 쓰고 있지만, 주입한 마력을 서서히 방출시키는 방식으로도 쓸 수 있었다.

팔석에 마력을 담고 계속 방출되도록 한 다음 【두루미 혁낭】에 넣었다.

"이렇게 하면 내 마력 방출량을 압박하지 않고 마력 공급이 끊기지도 않아."

예상한 대로 【두루미 혁낭】은 팔석에서 조금씩 방출되는 마력을 흡수하여 용량을 늘렸다.

"이거, 얼마나 들어가?"

"마차 절반 정도. 이게 팔석이 오래 가는 출력이라 2~3주는 버틸 거야. 오래 유지할 마음이 없다면 더 늘릴 수 있어."

"대단하네. 팔석과 세트로 오르나에 맡길 생각은 없어?"

"그렇게 하면 벌이는 늘겠지만 기각이야. 신기를 철저히 조사해 보고 싶어. 신기의 공통점을 찾는다면 다른 신기의 대책, 혹은 신기 제작으로 이어질지도 몰라……. 그리고 이건 편리하니까. 유효하게 활용해야지."

이 성능이라면 단순히 편리한 도구에서 그치지 않고 무기로도 충분히 쓸 수 있을 것이다.

다소 사용법을 비튼다면 용사를 죽일 비장의 카드도 될 듯했다.

"고마워. 마하, 정말로 좋은 물건을 손에 넣었어."

"말로만?"

"뭔가 바라는 거 있어?"

"음, 키스해 줘."

마하는 미소 지으며 시선만 올려 내 얼굴을 들여다보았다.

평소처럼 나를 놀리는 거겠지.

"후후, 그게 안 된다면, 그래, 오늘 점심이라도……."

"좋아, 알겠어."

"어? 키스를, 뭐어어어어어?!"

거절하리라고 생각했었는지 마하가 당황했다.

그런 마하를 끌어안아…… 뺨에 키스했다.

마하가 새빨개져서 굳었다.

평소의 쿨한 모습은 거기 없었다.

"이러면 될까."

물어봐도 좀처럼 대답이 없었다.

"……어쩌지."

마하가 자신의 손을 내려다보며 겨우 말을 짜냈다.

"……어떡해. 너무 기뻐서, 너무 부끄러워서, 오늘은 일이 손에 안 잡힐 것 같아."

그런 마하가 귀여워서 나도 모르게 뺨에 한 번 더 키스하고 말았다.

마하는 이상한 소리를 내더니 완전히 굳어서 주저앉았다.

재미있으니 정신을 차릴 때까지 보고 있자.

항상 당하고 있으니까 가끔은 내 쪽에서 놀려도 괜찮겠지.

이 키스 때문에 그 후 런치 데이트 때 마하는 심하게 토라졌다.

토라지긴 했지만 기쁨을 다 숨기지는 못했고 그런 마하와 보내는 시간은 무척 즐거웠다.

무르테우에서 쇼핑하고 한 달 후.

드디어 학원…… 아니, 학원 도시에 왔다.

학원은 왕도에서 마차를 타고 북쪽으로 두 시간쯤 거리에 있었다.

학원이면서 요새로서도 기능하여 북방의 적으로부터 왕도를 지켰다.

이곳만큼 많은 마력 보유자가 모인 곳은 없으니까. 학생도 전력으로 여겨지고 있었다.

요새라는 말이 장식은 아닌지라 이 나라에서 손꼽히는 방벽이 있었고, 안으로 들어가니 간소한 도시가 있었다.

지금은 도시 중심에 있는 학원을 향해 가는 중이었다.

"도착했네요. 마침내 공부한 성과를 시험할 때예요!"

"한 달 동안 시험공부 하느라 큰일이었어. 이 나라의 역사가 꿈에서도 나왔어."

두 사람이 말한 대로 한 달 동안 입학시험을 준비하며 보냈다.

입학하기 위한 시험이 아니라 반 배정을 위

한 시험이었다.

귀족마다 교육 수준은 전혀 달랐다. 효율적으로 가르치기 위해서도 학생의 수준에 맞춰 반을 나눴다.

우리는 어떤 사정 때문에 최우수반인 S반에 들어가야 했고, 그걸 목표로 시험공부를 했다.

잡담하다 보니 학원 도시의 중심에 있는 기사 학원에 도착했다.

접수처에 가서 시험을 보러 왔다고 하자 광장과 일체로 만들어진 현관으로 안내해 줬다.

"우와, 사람이 엄청나게 많아요."

"시험을 보는 학생보다도 어른이 더 많네."

"아이의 기념할 만한 무대니까. 지켜보고 싶은 부모도 있겠지. 무엇보다 아이의 성적이 참을 수 없이 신경 쓰일 거야. 이 나라에서는 그게 집안의 평가가 돼."

"흐응, 그렇구나. 그건 좀 슬프다. ……응? 저건 뭐야?!"

디아의 시선 끝에 터무니없는 녀석이 있었다.

"백마 탄 왕자님을 실물로 보게 될 줄이야."

"우와, 저건 너무 과했어."

"좀 그렇네요."

백마를 탄 소년이었다.

백마에 맞췄는지 복장까지 순백색 천에 금실이 들어간 근사한 옷이었다.

하나부터 열까지 아주 화려했다.

다만 그 화려함에 걸맞은 마력은 가지고 있는 듯했고, 얼굴도 아름다우면서 반듯하여 저런 웃기는 꼴도 잘 어울렸다.

……비정상적인 마력 보유량을 숨기고 있는 나와는 대조적으로 일부러 과시하고 있었다. 마구(馬具)의 문장을 보고 알았는데 게피스 가문의 적자였다.

학원에서 조심해야 한다고 아버지가 말했던 세 사람 중 한 명.

4대 공작가 중 하나인 게피스는 왕가에 버금가는 지위를 가진 가문이었다.

우리와 스쳐 지나가면서 윙크를 했다.

늘 그렇듯 타르트와 디아, 두 미소녀에게 한 것인 줄 알았는데 어떻게 봐도 날 향한 윙크였다.

“대체 게피스 공작가의 적자는 무슨 생각이지?”

그때, 백마 탄 왕자님의 등장으로 일어난 술렁임을 넘어서는 소란이 일었다. 공작가 이상의 거물이라면 한 명밖에 없다.

용사가 나타났다.

자기소개를 들은 것은 아니다. 하지만 그 압도적인 마력을 보니 용사일 수밖에 없다고 확신할 수 있었다.

투아하데의 눈이 없는 자들조차 알아차릴 수준이었다.

키는 작았고 중성적이라서 남자인지 여자인지 모호했다.

안절부절못하고 있었다.

……디아를 구하기 위해 싸웠던 추정 용사 세탄타와는 딴판이었다. 그런데 왜일까? 똑같은 냄새가 났다.

용사로 보이는 인물의 환심을 사기 위해 사람들이 몰려들었다.

나는 그것을 멀찍이서 보았다. 나도 용사의 환심을 살 생각이지만 지금은 움직일 때가 아니었다.

용사라면 틀림없이 최상위반인 S반에 배정될 것이다.

그게 바로 우리가 시험에 대비해 공부한 이유였다.

같은 반 친구라는 입장은 용사에게 접근하기 유용하고, 그러려면 S반에 들어가야 했다.

……최상위반인 S반에 들어갈 수 있는 것은 여기 모인 약 100명 중에서 고작 여덟 명뿐.

명문가의 고귀한 혈통들을 제치고 S반에 들어가기는 쉽지 않다. 심지어 투아하데의 암살술과 비정상적인 마력, 오리지널 마법을 보일 수는 없었다.

"허들은 높아……. 하지만 불가능하진 않아."

전생의 지식과 경험에 더해 이곳에서 축적한 것이 있다.

특별한 힘을 쓰지 않아도 나는, 아니, 우리는 충분히 강하다.

◇

시험이 시작된다.

현관 안쪽으로 갈 수 있는 것은 학생뿐이었다.

문이 닫히는 순간, 학부모들은 성원이 아니라 호통으로 들리는 말들을 퍼부었다.

시험이 시작되지도 않았는데 이 모양이었다.

저녁 무렵에 현관에서 시험 결과가 발표되는데 그때는 아비규환이 될 것이다.

안내를 담당하는 교관을 따라가니 널찍한 홀이 나왔다.

여기서 우선 필기시험을 치른다.

“긴장되기 시작했어요. 성적과 관계없이 루그 님과 같은 반이 될 수 있긴 하지만, 루그 님의 하녀로서 부끄러운 점수는 받을 수 없어요.”

사용인으로 입학한 학생도 시험을 치르지만 어디까지나 참고일 뿐, 주인과 똑같은 반에 배정되고 학급 정원에도 포함되지 않는다.

어디까지나 사용인은 주인을 보조하기 위해 온 것이니까.

“평소처럼 하면 돼. 내가 가르쳐 준 걸 이해하고 자기 것으로 삼았다면 충분한 성적을 남길 수 있을 거야. 아니면 내 말을 못 믿겠어?”

“그럴 리가요! 저, 할 수 있어요!”

타르트의 이런 솔직하고 단순한 부분은 장점이다.

딱 시간 맞춰 온 교관이 휴식 시간이 끝났음을 고했다.

“알반 왕국의 미래를 짊어진 청소년들이여. 환영한다. 먼저 필기시험을 치르고 한 시간 휴식한 뒤에 실기 시험을 치르겠다. 필기시험을 치를 때 주의할 점을 몇 가지 이야기하지. 질문은 일절 받지 않는다. 자리를 뜨는 것은 인정하지 않는다. 자리를 뜨는 순간 답안을 회수한다. 주의 사항은 이상이다. 문제를 배부하겠다.”

모두에게 시험지가 뒷면으로 배부되었다.

"그럼 개시!"

교관의 말과 함께 일제히 시험지를 뒤집었다. 우선은 가볍게 내용을 확인했다.

……전부는 아니지만 거의 대부분 예상한 문제들이었다.

한 달 동안 막무가내로 시험공부를 하진 않았다. 이르그 발로르의 정보망과 힘을 써서 출제 경향을 철저히 조사하고 두 사람을 가르쳤다.

일단은 나라의 역사와 법률에 관한 문제부터인가. 이쪽은 빈틈없이 가르쳤기에 안심했다.

문제를 보고 살짝 쓴웃음이 났다. 출제 경향이 편중되어 있었다.

나라 차원에서 귀족들이 이해하길 바라는 역사와 법률의 비율이 높았다. 그런 의도로 만들어진 학원다운 문제였다.

그것들을 다 풀자 사고력과 계산력을 요구하는 문제가 나왔다. 이쪽도 두 사람이라면 대응할 수 있는 범위였다.

이 정도라면 세 사람 모두 고득점을 낼 수 있을 것이다.

실제로 타르트도 디아도 옆에서 경쾌하게 펜을 놀리고 있었다.

모습을 보아하니 필기로 포인트를 벌 수 있는 학생은 전체의 30% 정도인가.

귀족이라면 당연히 자국의 역사와 법률을 알 것 같지만 하급 귀족은 그렇지 않았다.

부모에게 배우는 역사는 각 지역의 입맛대로 각색된 것이고 가르치고 싶은 부분만 가르친다.

역사에 관심이 있더라도 책은 비싸다. 게다가 올바르게 적힌 책을 고르기도 매우 어렵다. 내용이 엉터리인 책이 넘쳐 났다.

이 시험은 본인의 재능보다 자란 환경이 중요했다.

새삼 투아하데에 태어나 다행이라고 생각했다.

……여기서 점수를 벌어 두면 오후 시험에서 힘을 억제할 수 있다.

최대한 점수를 벌어 두자.

◇

시험이 끝나고 쉬는 시간이 되었다.

시험이 거의 세 시간 내내 이어져서 몹시 피곤했다.

과목별로 따로 시험을 보는 것이 아니라 한꺼번에 치러서 볼륨이 굉장했다.

어떤 학생은 화장실 가고 싶은 것을 계속 참다가 결국 한계에 달하여 새빨개진 얼굴로 울면서 도중에 자리를 떴고, 더 대단한 녀석은 지리면서 시험을 이어갔다.

자기 집안의 우수함을 보여야 한다는 사명감 때문이었다.

학생들은 시험을 치르느라 지쳐 핼쑥해진 얼굴로 밖에 나갔다.

우리는 널찍한 정원에 나가 벤치에서 쉬기로 했다.

디아가 흥분한 모습으로 성과를 전했다.

"아마 90%는 맞혔을 거야. 괜찮은 득점이지만, 다른 애들보다 점수를 많이 받았을지는 모르겠어."

"저는 90%에 조금 못 미치는 정도예요. 전부 루그 님께 배운 것들이라 제대로 풀 수 있었어요!"

"순조로워서 다행이야. 90% 가까이 풀었다면 10등 안에 들었을 거야."

"시험 결과가 기대돼. 루그는 어땠어?"

"실수했거나, 사용한 교재 혹은 문제가 잘못되지 않았다면 만점이겠지."

"역시나. 루그는 진짜 머리가 좋구나."

"루그 님이 1등 하시면 축하 잔치예요! 분발해서 맛있는 요리를 잔뜩 만들겠어요!"

"그럴 필요 없어. 아마 입학을 축하하며 기숙사에서 뭔가 할 거야."

"으으으, 아쉬워요. 하지만 디저트를 만드는 방향으로 힘낼게요!"

쓰게 웃었다. 타르트는 늘 자기 자신보다 나를 더 생각했다.

그런 타르트가 바구니를 꺼냈다.

"지친 뇌에는 단 음식이죠! 일찍 일어나서 만들었어요."

"이런 걸 아침에 만들었다니, 너 사실은 여유가 있었구나. 마지막까지 악을 쓰는 타입인 줄 알았어."

"여유가 있어서 만든 게 아니라 루그 님과 디아 님이 기뻐해 주실까 싶어서 저도 모르게."

"고마워. 그리고 맛있을 것 같아."

바구니 안에는 노란 찐빵이 들어 있었다.

최근 무르테우에서 유행하기 시작한 음식으로, 굽지 않고 쪄서

푹신푹신하게 만든 빵이었다.

그리고 노른자를 많이 넣어서 달걀 맛을 풍부하게 맛볼 수 있었다.

"그럼 바로 먹어 볼까."

푹신푹신한 빵을 찢어 입에 넣었다. 농후한 달걀 맛과 부드러운 단맛.

아주 좋았다. 마음이 평온해지고 뇌에 당분이 보급되었다.

"타르트, 맛있어."

"응, 나도 마음에 들었어. 또 만들어 줘."

"맡겨 주세요. 이거 맛있죠."

이건 나나 어머니도 만든 적이 없는 빵이었다.

어느새 타르트도 직접 새로운 레시피를 발견할 수 있게 됐구나. 적극성이 보이기 시작한 것은 좋은 일이다.

디아가 빵에 대한 답례라며 차를 끓였다. 없는 도구는 땅 마법과 불 마법으로 솜씨 좋게 보충했다.

각 가문의 위신을 건 입학시험이 아직 끝나지 않았는데 이곳만 달콤한 찐빵과 맛있는 차를 즐기는 느긋한 시간이 흘렀다. 하지만 그런 평온을 깨는 자가 나타났다.

"안녕, 투아하데 여러분. 나도 다과회에 끼워 주지 않을래?"

선명한 금발의 미소녀이 찾아왔다.

……귀중한 휴식 시간에 피곤해지고 싶지 않기에 상대하기 싫었지만, 눈앞에 있는 이는 4대 공작가 사람이었다.

"예, 좋아요."

"미안. 내가 누군지는 알겠지만 자기소개 할게. 노이슈 게피스야."

"저는 루그 투아하데입니다."

"하하하, 존댓말 안 써도 돼. 이 학원 내에서는 실력이 전부야. 왕가가 그렇게 말하는걸. 왕가에 충성을 맹세하는 우리도 따라야 하지 않겠어?"

설마 공작가 사람이 그런 표면적인 원칙을 말할 줄은 몰랐다.

"그럼 그럴게."

"그래. 나도 그게 더 편해. 거기 너, 빵 먹어도 될까?"

"앗, 네. 하지만 공작가분이 먹을 만한 빵이 아닌데요."

노이슈는 타르트의 충고를 듣지 않고 손으로 빵을 집어 먹었다.

"맛있네. 우리 성에는 이런 소박한 빵이 없어. 마음에 들었어. 하나 더 먹을게."

전혀 귀족답지 않은 행동거지였다. 하지만 노이슈가 하니 그런 모습조차 근사했다.

"뭐 하러 왔어? 설마 빵을 먹으러 온 건 아닐 테고."

"너한테는 인사해 둘까 싶어서. 내 꿈을 위해 널 스카우트하러 왔어. 졸업할 때까지 이 학원에서 우수한 인재를 모아 큰일을 이룰 거야. 다른 누구보다도 루그 투아하데를 원해. 그래서 제일 먼저 너한테 왔어."

……이 녀석, 어디까지 알고 있지?

나는 아직 실력을 보이지 않았다. 공작가의 적자가 평범한 남작가 아들에게 말을 걸다니 있을 수 없는 일이다.

더 유명한 혈통이 이곳에는 널려 있으니까.

은밀한 얼굴을 알고 있는 것이라면 이해가 가지만, 투아하데의 이면은 왕가와 어떤 공작가만이 알고 있을 터.

"왜 나를?"

"여기 있는 누구보다 우수하니까."

"적어도 용사가 나보다 더 강해."

"그저 강하기만 한 바보도 그런대로 쓸모는 있지만 종합적으로 생각하면 네가 제일이야. 뭐, 오늘은 인사만 해 둘게. 한번 생각해 줘. ……우리가 이 썩어 빠진 나라를 바꾸자. 너라면 그래야만 하는 이유는 알겠지. 내버려 두면 손쓸 수 없게 돼. 그리고 빵 맛있었어. 이건 답례야."

그렇게 말하고서 노이슈는 타르트를 향해 손수건을 던지고 떠나갔다.

타르트는 잠시 멍하니 있다가 손수건을 보았다.

"이거, 굉장히 좋은 물건이죠?"

"최상급 실크, 자수에 쓰인 금실도 일급 중의 일급이야. 내다 판다면 1년쯤은 놀고먹을 수 있겠어."

"그, 그런 물건을 받을 순 없어요. 돌려드리고 올게요!"

"아냐, 그만둬. 오히려 실례야."

타르트가 허둥거렸다.

이 아이는 여전히 소시민 버릇이 남아 있었다.

"있지, 루그. 나라를 바꾼다는 건 무슨 말일까."

“……어느 정도 볼 줄 아는 귀족이라면 이대로 가다가는 알반 왕국도 디아가 있던 스오이겔 왕국처럼 되리라는 걸 알아. 노이슈도 그렇겠지. 그런 사태를 막을 생각인지, 아니면 그렇게 될 만큼 유약한 나라라면 차라리 뒤엎을 생각인지. 어쨌든 대단한 야심가야.”

……기사 학원은 인재를 모으기 적합한 곳이다.

이곳에서는 귀족의 굴레에 얽매이지 않고 말을 걸 수 있지만 다른 곳에서는 그렇지 않다.

“이 나라를 바꾸겠다고 똑바로 말하는 남자는 처음 봤어.”

“거물이거나 바보거나 둘 중 하나겠지.”

백마를 타고 나타났을 때는 단단히 착각에 빠진 도련님인 줄 알았지만 그 속내에는 뜨거운 뭔가가 있었다. 지금 생각해 보니 그 백마도 강한 인상을 남기기 위한 도구로 썼음을 알 수 있었다.

나팔 소리가 울렸다.

쉬는 시간이 끝났다는 게 아니라 오전에 본 시험 결과를 공개했다는 신호였다.

셋이서 인파가 몰려 있는 곳으로 향했다.

자, 과연 시험 결과는 어떻게 나왔을까?

필기시험 결과가 붙고 학생들이 몰려들었다.

"어라, 루그 님. 시험 결과가 적힌 종이가 두 개 있어요."

"사용인으로 들어온 학생은 따로 붙어."

사용인은 주인과 같은 반이 되고 학급 정원과는 별개로 카운트되기에 어디까지나 참고 기록이었다. 그래서 발표도 따로 했다.

"해냈다, 해냈어요. 사용인 중에서는 제가 1등이에요! 휴우, 루그 님의 체면에 먹칠하지 않아서 다행이에요. 그리고 오른쪽에 (6등)이라고 적혀 있네요. 뭘까요?"

"전체에서 6등이란 거야. 자랑스러워해도 될 성적이야. 사용인이 아니더라도 S반을 노릴 수 있어."

"대단하다. 나도 질 수 없지. 으으, 결과를 보고 싶은데 전혀 안 보여. 마법으로 날려 버리면 안 되나?"

인파가 몰려 순위표로 다가갈 수 없기에 뒤에서 엿보려고 디아가 폴짝폴짝 뛰었지만 키가 작은지라 보기 힘든 듯했다.

"뒤숭숭한 소리 하지 마. 어깨 빌려줄게."

"꺄악!"

디아를 목말 태웠다. 드물게도 디아가 귀여운 목소리를 냈다.

"고마워. 근데 좀 부끄럽다……. 그리고 나는 누나인데. 어린애처럼 목말이라니."

"지금은 동생이니까 괜찮아. 순위는 보여?"

"응, 보여. 으음, 루그가 1등이야. 어라? 말도 안 돼. 1등이 둘 있어. 아까 봤던 사람, 그 느끼남도 1등이야."

……그렇군. 노이슈는 입만 산 남자가 아니었구나.

"나는 3등이네. 으으으, 분해. 남몰래 1등을 노리고 있었는데."

"아니, 충분한 성적이야. 오후 실기 과목은 마법과 체술. 디아라면 마법에서 크게 점수를 벌 수 있을 테고 체술도 나쁘지 않아. 충분히 S반을 노릴 수 있어."

"마법이라면 누구에게도 지지 않아. 루그가 상대라면 좀 의심스럽지만."

"아니, 마법은 디아가 한 수 위야."

디아의 영창과 마력 조작은 예술의 영역이다.

단순한 출력으로는 내가 이기지만 세세한 제어로는 이길 엄두가 안 난다. 내 스펙은 여신의 개입으로 인간이 가질 수 있는 최고 스펙.

그런데도 디아에게는 이길 수 없다. 디아는 숫자가 아닌 감성 부분에서 천재적인 소질을 가지고 있었다.

"그러고 보니 용사님의 성적은 어때? 거기서라면 보이지?"

"이름을 모르는걸."

"에포나야. 에포나 리안논."

용사가 나타났다는 정보를 들은 뒤로 이것저것 조사했다.

그리고 용사는 출생한 것이 아니라 각성했다는 것을 알았다.

평범한 일반인이 갑자기 용사로 새로 태어난 것이다.

에포나 리안논은 투아하데와 마찬가지로 남작가 출신이다.

그것도 귀족이면서 마력이 없이 태어난 낙오자였고, 리안논 남작가에는 에포나 외에 자녀가 좀처럼 태어나지 않아서 꽤 힘든 처지였던 모양이다. 게다가 에포나 리안논은 이상한 점이 많았다.

호적상으로 남자지만 조사하면 조사할수록 여성이지 않을까 하는 의심이 들었다.

이렇게 실물을 봐도 어느 쪽인지 알 수 없었다.

"에포나, 에포나. 전혀 안 보여. 아! 있다. 밑에서 여덟 번째."

"……고마워. 대충 알았어."

디아를 내렸다.

평범한 남작가 출신이라면 그 정도 성적이겠지. 용사가 된 지 얼마 되지 않아서 고등 교육을 받지 못했을 것이다.

"용사는 대단한 사람인 줄 알았는데 그렇지도 않네."

"결국 지금까지 살면서 뭘 축적했느냐가 중요해. 파격적인 힘을 가지고 있는 것만으로는 안 돼."

그렇기에 학원이 있다.

"저기, 루그 님. 아까부터 사람들이 엄청나게 쳐다보는 것 같은데요."

"이 성적이면 어쩔 수 없지."

이름난 귀족 자녀들이 우리를 주목하고 있었다.

나와 동률 1위인 노이슈는 공작가라서 좋은 성적을 내도 이상하지 않지만, 고작 남작가인 우리가 이 정도 성적을 받은 것이 이상하고 아니꼬운 것이다.

하지만 별로 신경 쓰지 않는 녀석도 있는 듯했다.

"압도적 차이로 1등일 줄 알았는데 설마 나와 나란히 설 줄이야. 역시 넌 내가 생각한 대로 우수해."

금발 미소년 노이슈가 친근하게 어깨동무했다.

"후반도 서로 열심히 하자."

"물론이지. 난 수석 입학을 노리고 있거든. 안 질 거야. ……말해 두는데, 공작가라고 띄워 주려고 하지는 마. 양보받은 수석 같은 건 가치가 없으니까."

"알고 있어. 나도 전력을 다할 거야."

전력을 다한다는 말은 거짓말이 아니다. 어디까지나 보여 줘도 되는 범위 내에서지만.

쉬는 시간이 끝났음을 알리는 종소리가 울리고 다시 교관이 와서 후반전 개시를 고했다.

◇

실기 시험도 절반이 끝났다.

전반은 마법 시험이었다.

가장 잘하는 속성을 말하고, 정해진 마법 세 종류를 영창하고 발동하여 채점받았다.

채점 기준은 방출한 마력량, 마력 변환율, 영창 속도, 마법 정밀도였다.

나는 마력을 억제하여 어디까지나 상식적인 범위에서 지극히 우수한 수준의 마력으로 영창했다. 그 결과는 2등이었다.

"흐흥, 마법은 누구에게도 지지 않아."

옆에서 1등이 의기양양한 표정을 지었다.

"역시 대단하세요. 너무 아름다운 영창이라 넋 놓고 보고 말았어요."

"어떻게 해야 그렇게 낭비하지 않고 변환할 수 있는 건지 몇 번을 봐도 모르겠어."

마력을 낭비하지 않고 마법으로 변환하는 것.

매우 중요한 기술이었다. 나도 지긋지긋할 정도로 시행착오를 겪고 있지만 도저히 디아를 이길 수 없었다.

일반적인 마력 보유자는 60~70%가 기준이었고 나는 90% 전후를 오락가락했다. 하지만 디아는 늘 95%였다.

단순히 연비가 좋아지고 마법의 위력이 올라가서 훌륭한 게 아니었다.

변환되지 못한 마력에 의한 악영향이 없기에 정밀도가 오른다.

나와 디아의 변환율 차이는 겨우 5%지만 그 5%가 컸다.

"저는 6등이에요……. 루그 님께 잔뜩 배웠는데."

타르트가 어깨를 떨궜다.

타르트가 좋은 성적을 받은 것은 내가 가르치고 있기 때문이었다. 더 정확히 말하자면 투아하데의 눈으로 마력을 보면서 수정할 점을 지적하기 때문이었다.

감각으로만 알 수 있는 마력을 눈으로 볼 수 있기에 지적과 수정의 효율이 몇 배는 좋았다.

그런 상태에서 노력가인 타르트가 단련을 거듭하여 이 정도 실력자가 된 것이다.

"아니, 충분한 성적이야. 그 위에 있는 녀석들이 괴물인 거지."

참고로 타르트 위로는 나와 디아를 제외하면 노이슈와 용사 에포나, 마법이 특기인 일족의 천재가 있었다.

노이슈의 영창을 보고 그가 노력가라고 확신했다.

일류 스승이 있는 것은 틀림없고 센스가 있었다. 하지만 그것만으로 그 정도 마법은 쓸 수 없다. 피나는 노력이 필요했다.

의외인 것은 에포나였다.

터무니없었다. 마력 변환 효율은 좋지 않았다. 기껏해야 50%. 일반적인 수준보다 못했다. 영창도 느렸다. 정밀도도 나빴다.

하지만 마력 방출량이 너무 파격적이었고 그것만 가지고서 종합 성적으로 타르트를 제쳤다.

나와 디아는 에포나가 시험을 치르는 모습을 직접 두 눈으로 보고 간담이 내려앉았다.

"디아. 믿어져? 어떻게 하면 불 속성 기본 마법인 【화염구】가 저렇게 되는 거지?"

"응, 나도 믿고 싶지 않아. 터무니없이 형편없는 마법인데 저런 위력이라니. 만약 제대로 단련해서 평범한 수준으로 외웠다면 어떻게 됐을까."

【화염구】. 이름대로 주먹 크기의 불덩이를 만들어 내는 마법이다.

둥실둥실 천천히 비상하고, 맞으면 표피가 타는 정도.

하지만 용사가 쏜【화염구】는 달랐다.

마치 압축된 태양처럼 작열하는 탄환이 소리조차 초월한 속도로 사출되어 진로상에 있는 모든 것을 재로 만들며 아득한 저편으로 사라졌다.

적국의 침공과 마물 군세도 물리쳤던 방벽을 뚫고서 말이다.

사상자가 나오지 않은 것이 기적이었다.

……초급 마법인데 이 정도였다. 아마 단순히 마력량이 많을 뿐만 아니라 마법을 강화하는 스킬이 있다.

저것과 싸울 것을 생각하니 오싹했다.

지금은 아직 영창이 느리고 정밀도가 나빠서 실전에서는 쓸 수 없다.

만약 학원에서 공부해 일반적인 수준의 기술을 익힌다면…… 그때는 감당할 수 없을지도 모른다.

◇

이어서 체술 시험이 시작됐다.

각종 측정이 이루어졌다.

근력, 순발력, 도약력, 지구력, 반사 신경 등등.

여기서 빛을 발한 사람은 타르트였다.

얼핏 보면 그저 신체 능력의 우열을 경쟁하는 것 같지만, 마력 보유자는 마력으로 신체 능력을 강화하는 기술이 중요했다.

몸 전체를 빠짐없이 강화하기보다도 몸의 움직임에 연동하여 각 부위의 강화 정도를 조절하는 편이 좋았다.

하지만 그게 가능한 사람은 한정적이다.

내가 봤을 때 수험생 중에서 그게 가능한 사람은 나와 타르트, 노이슈, 그 외 세 명 정도. 디아는 아직 공부 중이었다.

하지만 그런 기술을 비웃듯 용사는 서툰 강화로 압도적인 성능을 과시하며 모든 항목에서 1등이 되었다.

이길 엄두가 전혀 나지 않았다. 비교하는 것 자체가 잘못됐다.

괴물이라는 말조차 미온적인 표현이었다.

용사의 한심한 필기 점수를 보고 떨어져 나갔던 떨거지들도 돌아왔다.

다만 에포나가 불편해하는 모습이 신경 쓰였다.

사람을 대하는 것이 어려운 듯했다. ……하지만 그렇다고 내가 용사에게 접근하는 데 문제가 되지는 않는다.

인심 장악술을 익힌 자에게는 오히려 그런 인간이 더 작업하기 쉽다.

◇

드디어 마지막 시험이 되었다.

마지막 시험은 실전.

현역 기사들이 와서 학생과 대련한다.

무기는 날이 뭉툭했고 의사도 있었다.

물론 평범한 학생이 현역 기사를 이길 수 있을 리 없다.

중요한 것은 승패가 아니라 시합 내용이었다.

기사 학원의 투기장은 넓어서 링 여섯 개가 늘어서 있었다.

싸우는 순서가 빠른 타르트는 대기실로 이동했기에 디아와 둘이서 관전 중이었다.

이미 몇 조의 시합이 끝난 상태였다.

"대단한 사람이 꽤 있는 것 같아."

"그러게. 동기들의 힘을 일찌감치 보게 돼서 다행이야."

……교육에 힘을 주고 있는 곳은 투아하데뿐만이 아니다.

대대로 기사를 배출한 가문, 무훈만으로 지위를 쌓아 올린 가문, 그런 집안은 어릴 때부터 철저히 아이를 전투 병기로 키운다.

개중에는 현역 기사에 필적하는 실력을 지닌 사람도 있었다.

"루그, 타르트는 괜찮을까?"

"괜찮을 거야. 그래 봬도 강하니까. 그러고 보니 디아는 타르트의 진짜 실력을 본 적이 없구나."

"흐응, 그렇게 강해? 그럼 제대로 관전해야겠네."

창을 쓰는 타르트의 실력은 현역 기사조차 능가한다.

투아하데, 그리고 전생의 기술과 지식을 이용하여 그렇게 되도록 단련했다.

그런 타르트가 링 위에 나타났다.

평소에는 치마 속에 숨기고 있는 창을 이미 꺼내 들고 있었다.

기사와 마주 보고…… 놀랍게도 시합 개시 전에 기사가 머리를 숙여서 관객석에서도 무슨 일이냐며 웅성거렸다.

시합 전에 으레 하는 인사가 아니었다. 기사는 순수하게 감사를 전하고 있었다.

타르트는 곤혹스러워하며 어쩔 줄을 몰라 했다. 그리고 기사가 뭔가 이야기하자 얼굴이 새빨개져서 필사적으로 뭔가를 부탁했다.

무슨 일이냐며 시험장이 술렁였다.

하지만 본인들은 별일 없이 시합을 개시했고 타르트가 승리를 거뒀다.

설마 사용인으로 들어온 여자애가 이길 줄은 몰랐던 학생들의 시선이 타르트에게 모였다.

시합 전에 묘한 일이 있었고 여성 사용인이라서, 그 실력을 시샘하여 미인계를 썼다느니 미리 짠 것이라고 떠들어 대는 자도 있었다.

옆옆자리 학생들도 그랬다.

"잠깐 갔다 올게. 저기 있는 사람들, 말이 너무 심해."

"진정해. 별 볼 일 없는 녀석들이야. 그런대로 싸울 줄 아는 사람은 타르트의 창술을 보고 실력임을 알 테고, 모르는 녀석들은 시야에 담을 가치도 없어."

"그건 그렇지만."

"걱정하지 마. 저들은 응보를 받을 거야. 그보다 슬슬 디아 차례야."

디아가 감정적으로 행동하면 문제가 된다.

하지만 나라면 잘 처리할 수 있다.

디아를 달래기 위해 그렇게 말하긴 했지만, 타르트를 욕하는 소리에 나 역시 화가 났다. 자기가 한 말에 책임을 져야 할 거다.

"아! 다녀올게. 응원이랑…… 타르트를 잘 부탁해."

디아가 떠나갔다.

교대하여 타르트가 돌아왔다.

시합 전에 무슨 이야기를 했는지 바로 질문했다.

"그게, 전장에서 실전 경험을 쌓은 시기가 있었잖아요. 그때 목숨을 구한 사람이라 감사 인사를 받았어요."

"……그때인가."

내가 무르테우에 있었을 때, 타르트에게는 실전 경험이 부족하다고 보고 연줄을 이용해 전장에서 실전을 경험하게 했었다.

"네. 설마 그때 같이 싸웠던 사람과 만날 줄은 몰랐기에 깜짝 놀랐어요."

"그리고서 뭔가 부탁하던데, 뭘 부탁한 거야?"

"그건, 그게, 제 활약이랑 전장에서 불렸던 부끄러운 이명을 교관들에게 말해 주겠다고 해서요. 선의로 꺼낸 말이라는 건 알지만, 제발 그러지 말아 달라고 부탁했어요."

"그렇게 말하니까 이명이 궁금한데. 가르쳐 주지 않을래?"

"루그 님, 다른 사람한테 절대 말하면 안 돼요. ……【뇌속(雷速)의 여전사】예요……. 남들 앞에서는 절대로 불리고 싶지 않아요."

【뇌속의 여전사】인가. 확실히 타르트의 전투 스타일과 맞는 이름이었다.

고도의 신체 능력 강화 기술과 바람에 의한 가속을 구사한 초속.

그뿐만 아니라 유연한 몸과 뛰어난 반사 신경으로 그 초속의 영역에서도 움직임이 단조롭지 않았다.

그야말로 번개와 같은 여전사였다.

……다만 약점도 있었다. 타르트는 여전히 성장 중이다. 지금은 그 속도로도 아슬아슬하게 기술을 쓰지만 더 빨라지고 있었다.

이대로 가면 자신의 속도를 동체 시력이 쫓아가지 못하게 된다.

조만간 투아하데의 눈을 줘야 할지도 모른다.

"그러고 보니 루그 님의 시합은 언제인가요?! 보는 게 기대돼요."

"나는 맨 마지막이니까 아직 시간이 있어. 그보다 디아의 싸움이 시작될 것 같아. 응원해 줘야지."

"그런 건 빨리 말씀해 주세요!"

디아가 검을 맞부딪치기 시작했다.

하지만 열세였다.

5분쯤 뒤에 결판이 났다. 선전은 했지만 패배하고 말았다.

디아는 마법이 메인이었다. 최근 들어 내가 본격적으로 근접 전투를 가르치기 시작했지만 아직 기초 단계였다.

무엇보다 상대가 좋지 않았다. 기사 중에서도 상당한 실력자였다.

지금의 디아가 거리를 벌릴 수 없는 링에서 이길 수 있는 상대가 아니었다.

"아까웠어요."

"저 정도 했으면 충분해. 좋은 점수를 받을 수 있을 거야. 디아의 장점은 제대로 어필했어. 지금 실력으로 이 이상은 바랄 수 없어."

박수를 보냈다. 디아는 전력을 다했다.

디아가 링을 떠났다. 그리고 교대하여 에포나가 들어왔다.

상대는 기사단장이었다.

기사들의 정점에 선 남자. 직책뿐만 아니라 실력도 그랬다. 그런 남자가 풀 플레이트 아머를 입은 완전 무장 상태였다.

갑옷도 평범한 갑옷이 아니었다. 매우 희소한 금속인 미스릴로 만든 갑옷이었다. 철갑과는 비교가 되지 않는 강도를 지니고 있었다.

좋은 판단이었다. 그와 같은 실력자라도 초일류 장비가 없다면 날이 무디다고 한들 죽을 위험성이 크다.

시합이 시작됐다.

에포나가 사라졌고, 기사단장 앞에 나타나 주먹을 치켜든 포즈를 취하나 싶더니 기사단장이 사라졌다. 뒤늦게 굉음이 울렸다.

기사단장의 행방을 찾고 있으려니 두 번째 굉음이 들렸다.

에포나의 주먹, 그 직선상에 있는 관객석에 갑옷을 입은 기사단장이 완전히 처박혀 있었다.

에포나 쪽을 자세히 보니 주위에 부서진 미스릴 조각이 흩어져 있었다.

……주먹으로 미스릴을 부쉈나.

용사는 위험하다. 알고 있다고 생각했는데 이 정도일 줄은 몰랐다.

투아하데의 눈으로도 움직임이 보이지 않았다.

만약 저곳에 내가 서 있었더라도 기사단장과 똑같은 꼴이 되었을 것이다.

그리고 용사는 앞으로 점점 성장한다.

"세탄타와 비교하면…… 지금은 아직 뒤떨어져. 하지만 1년, 아니, 한 달 후에는."

현재 저 용사는 세탄타보다 못하다.

하지만 한 달도 지나지 않아 그 이상의 괴물이 되리라.

이대로 가면 암살조차 가능할지 의심스럽다.

"더 강해져야겠어."

새롭게 결의했다.

그리고 내 차례가 됐기에 링으로 향했다.

"타르트, 다녀올게."

"네, 열심히 응원할게요!"

지금까지 치른 시험 결과로 S반 배정은 확실하다.

무난하게 그런대로 선전을 보이고 나서 질 생각이었지만, 용사의 불합리한 강함을 보고 조금 뜨거워졌다.

이 열을 가라앉히기 위해 조금 힘을 내 보기로 할까.

Episode5

제5화 암살자는 시험을 끝낸다

The world's best assassin, to reincarnate in a different world aristocrat

내가 나가는 시합은 오늘의 마지막 그룹이었다.

학생들의 주목도는 높았다.

이유는 단순했다. 마지막 두 사람은 현재 성적 상위자 두 명.

말하자면 이건 수석 싸움이었다.

디아는 마법에서 포인트를 벌었지만 체술에서 순위가 떨어졌다.

타르트는 반대. 용사 에포나는 필기가 발목을 잡았다.

그 결과, 종합 점수로는 나와 노이슈가 독보적이었다.

나와 노이슈는 나란히 각자의 링으로 향했다.

"루그, 아까도 말했지만 수석을 양보할 생각은 하지 마……. 나는 실력으로 이기고 싶어."

"맹세할게. 전력으로 임하겠어."

노이슈의 눈이 똑바로 나를 보았다.

내 모든 것을 꿰뚫어 보듯이.

어설프게 진다면 들킬 것이다.

우리는 그 후 말없이 각자의 링에 도착했다.

이미 링에는 우리가 도전할 상대가 있었다.

설마 두 명 있는 부단장이 각각 우리를 상대할 줄은 몰랐다.

수석이 될지도 모르는 우리에 대한 특별 서비스인 듯했다.

"루그 님, 힘내세요!"

"지면 내일 아침밥은 술배로 채워야 할 거야!"

타르트와 디아의 성원이 들렸다.

마음은 기쁘지만 조금 부끄러웠다.

"너 인기 많네. 부럽다."

"한 식구가 부끄러운 모습을 보였습니다."

"괜찮아, 괜찮아. 동기 부여가 됐어. 저 귀여운 아이들에게 절대 너의 멋진 모습을 보여 주지 않을 거야. 하렘 자식은 죽어 버려."

엄청난 살기였다.

……이 사람, 상대가 학생이고 지금 이건 시험이라는 사실은 이미 잊어버린 듯했다.

"어른스럽지 못해요."

"하하하. 그럴지도. 하지만 너라면 진심으로 싸워도 문제없겠지."

놀랍지는 않았다.

어느 정도 달인이 되면 상대의 호흡과 걸음만 봐도 기량을 간파한다.

서로 칼자루를 잡았다.

일부러 검을 쓰기로 했다.

내 특기는 단검과 체술과 총이지만 검도 못 쓰지는 않았다.

검이라면 암살술을 쓸 여지가 없어서 투아하데의 암살술을 숨길 수 있다.

……손에 익은 단검을 쓰면 생각하기 전에 몸이 반사적으로 움직여서 죽여 버릴지도 모른다.

준비됐냐고 심판이 확인해서 고개를 끄덕였다.

"시작!"

시합 개시.

그 순간, 우리의 움직임이 멈췄다.

옆 링에서 어마어마한 마력이 느껴졌기 때문이다.

노이슈였다.

노이슈는 검을 똑바로 들고 마력을 전력으로 방출하여 몸을 강화했다.

기와 마력을 융합해 전신을 강화하는, 신체 강화 중에서도 한층 고등 기술이었다.

강력하면서 유려하고 그 이상으로 기합이 가득했다.

잔재주 부리지 말고 전력으로 싸우자.

뿜어져 나오는 마력에서 그런 의지가 느껴져서 기분이 좋았다.

……정말이지, 그렇게 기합이 들어간 마력을 부딪쳐 오니까 나답지 않게 뜨거워지잖아.

처음에는 페이스를 억제하고 상황을 보려고 했지만 그만뒀다.

"하아아아아아아아아아!"

여기서 물러나면 흥이 깨진다.

암살자로서라면 이런 멍청한 짓은 안 한다.

하지만 지금은 검사로서 이곳에 있다.

이미 투아하데의 눈으로 부단장의 마력량은 보이고 있었다.

그의 전력과 완전히 똑같은 양으로 조정했다. 내 전력과는 거리가 멀지만 일반인보다는 훨씬 높은 마력을 휘감았다.

……마력량은 같다. 그렇다면 검술과 신체 능력 강화 기술, 행동 예측 등의 기술과 정신력으로 승부가 결정된다.

부단장이 씩 웃었다.

내 눈앞에 있는 부단장은 물론이고 노이슈와 대치한 부단장까지 둘 다.

"재미있네. 올해 신입생들은 기운이 넘치는걸? 그럼 이쪽도 봐주지 않겠어."

"그러게. 재미있어. 하지만 져 줄 수는 없지. 우리도 기사단이라는 간판을 짊어지고 있거든."

눈앞에 있는 부단장, 그리고 노이슈와 대치한 부단장이 전력으로 마력을 휘감았다.

네 사람이 모두 방대한 마력을 방출했다.

그 장엄한 광경에 관객들이 숨을 삼켰다.

그리고 네 명 전원이 움직이기 시작했다.

◇

모든 의식을 눈앞의 남자에게 보냈다.

……나는 전생에도 지금도 암살자. 정면으로 부딪치는 훈련도 하고 있지만 그건 암살에 실패했을 때를 대비한 보험일 뿐이고 본업은 아니었다.

그리고 적의 허를 찌르는 투아하데의 암살술은 봉인 중이었다.

정통파 검술로 어디까지 싸울 수 있을까.

부단장과 동시에 검을 휘둘렀다. 하지만 상대의 검이 조금 더 빠르고 무거웠다. 예리함도 내가 더 떨어졌다.

마력에 의한 강화량은 호각이 되도록 했다. 신체 능력 강화 기술은 내가 약간 위.

하지만 기본적인 신체 능력이 뒤처졌다.

【초회복】을 써서 효율적으로 몸을 단련하고는 있지만 아직 열네 살이라 미완성된 몸이었다.

게다가 저쪽은 검술의 전문가였고, 검을 휘두르는 데 최적화된 근육을 만들었다. 조금 불리했다.

정통으로 맞부딪치면 밀린다.

그래서 검을 살짝 눕히고 힘을 뺐다.

충돌하는 순간 물러나며 검을 미끄러뜨렸다. 초인적인 동체 시력을 자랑하는 투아하데의 눈이 있기에 가능한 기술이었다.

공격을 흘려도 상대는 즉시 상황을 파악하고 재빨리 추격타를 날렸다. 몸을 쓰는 방식이 훌륭했다.

그 추격타를 다시 받아넘겼지만, 그럴 것을 상정한 일격이라 힘든 자세로 몰리게 되었다.

다음 일격은 흘릴 수 없다. 막으면 자세가 무너져서 상황이 악화되고 검으로 반격할 시간은 없었다.

이대로 정통파 검술로 싸우면 얼마 안 가서 질 것이다.

무슨 수를 써도 정통파 검술로는 이길 수 없으리라는 의심은 확신으로 바뀌었다.

여기서 고를 수 있는 선택지는 둘.

정통파 검술로 싸울 만큼 싸우고 진다. 혹은 다른 기술을 쓴다. 보여 주면 안 되는 암살술 외에도 방법은 있지만 너무 눈에 띈다.

'질까.'

그렇게 생각한 순간, 타르트와 디아가 응원하는 목소리가 들렸다.

……맞아, 두 사람이 보고 있잖아.

꼴사나운 모습은 보일 수 없다.

'져 주지 않겠어.'

무너지는 자세를 바로잡지 않고 오히려 이용하여 뒤돌려차기를 날렸다.

이 자세라면 상대의 검보다 먼저 내 발이 닿는다.

상대도 발차기는 예측하지 못했는지 배를 차는 데 성공했다.

마력으로 강화한 발차기였다. 일격 필살의 위력이 있었다.

"칫."

타격감이 가벼웠다. 뒤로 뛰어서 충격을 흘린 것이다.

그 짧은 순간에 반응했나.

그렇다면 추격이다. 상대가 뒤로 뛰면서 거리가 생겼다. 근접 공격은 닿지 않는다.

그래서 검을 던졌다.

"……학생, 그건 기사답지 않아. 하지만 나쁘지 않은 공격이야."

던진 검은 튕겨졌다.

예상한 바였다.

검을 의식하게 만들고, 그 틈에 뛰어나가며 몸을 숙여 시야에서 사라진 채 사각지대로 들어갔다.

지금은 낮은 자세로 상대의 측면 후방에 있었다. 웅크린 몸을 펴며 찔렀다.

당연히 검은 던졌기에 존재하지 않았다. 그래서 검집을 썼다.

검집 끝은 금속이다. 이걸로 관자놀이를 치면 한 방에 기절시킬 수 있다.

"와 씨, 위험했네."

"이것도 안 되나."

사각지대에서, 그것도 막기 어려운 찌르기를, 주로 쓰는 손의 반대쪽에서 가했는데도 비갑으로 막을 줄은 몰랐다.

역시 괜히 부단장이 아닌 모양이다.

두 번째 찌르기를 상대가 튕겼다.

검집이 빙글빙글 날아갔다.

이것 또한 당연했다.

검집은 검과 달리 쥐기 어렵다. 더 센 완력으로 쳐 내면 이렇게 된다.

"학생, 이걸로 끝이야."

부단장이 선택한 마무리 일격은 상단에서 검을 내려치는 것이었다. 그 예비 동작으로 검을 치켜들었다.

반면 나는 무기를 잃어 불리했다. 그렇기에 더욱 앞으로 빠르게 파고들었다.

"뭐야?!"

거리가 너무 가까우면 검을 내려칠 수 없다. 한순간이라도 파고들기를 망설였다면 그대로 검을 맞았을 것이다.

……그리고 회피를 위한 이 파고들기는 공격에도 쓸 수 있었다.

파고들면서 생긴 운동 에너지를 실으며 몸을 나선형으로 비틀고 전신의 힘을 손에 집약해 내질렀다.

이렇게 하면 영거리에서도 위력적인 공격이 가능했다.

"하앗!"

폭발음.

평범한 바탕손이 아니었다.

다듬고 다듬은 마력과 기를 상대의 내부에서 폭발시키는 일격이었다.

부단장의 몸이 허공에 떠올랐고 링 밖에서 다섯 번 구른 뒤 멈췄다.

심판이 달려갔다.

그리고…….

"승자, 신입생. 루그 투아하데."

승자의 이름을 불렀다.

"어떻게든 이겼네."

일방적인 시합으로 보였지만 계속 선수를 치지 않으면 지는 싸움이었기에 그랬을 뿐이다.

실제로 끝장낼 생각으로 가했던 공격에 두 번이나 대응해서 세 번째 시도에 겨우 이겼다.

관객석의 반응은 셋으로 나뉘었다.

"해냈다, 해냈어요. 루그 님, 굉장해요! 부단장을 이겨 버렸어요."

"흐흥, 나는 처음부터 믿고 있었어. 왜냐하면 루그인걸. 돌아오면 키스해 줄게!"

타르트와 디아처럼 성대한 박수를 보내며 열광하는 사람, 부단장이 신입생에게 졌다는 사실을 믿지 못하고 멍하니 있는 사람, 그리고 남작가 아들 따위가 활약해서 못마땅하게 여기는 사람.

쓰러진 부단장에게 의사가 달려가 치료를 시작했다.

그러자 1분쯤 지나 부단장이 눈을 떴다.

충돌하는 순간, 부단장은 온몸의 기와 마력을 배에 집중했었다.

기절시키는 데는 성공했지만 심각한 대미지는 주지 못했다는 것은 타격감으로 알고 있었다.

"분하다. 하렘 자식을 띄워 주는 역할이 되다니. 고급스러운 귀족 검술이 아니라 거친 실전 검술을 쓴다는 걸 알았다면 나도 다른 방법을 썼을 텐데."

"정통파 검술로 싸우려고 했지만 첫 공격을 보고 포기했어요. 이겼는데 패배감이 드네요."

서로 쓴웃음을 지으며 악수하고 그를 일으켰다.

"아무튼 완패야. 네 장래가 기대되는데? 꼭 우리 기사단에 와 줘."

"생각해 보겠습니다."

나는 그렇게 말하고 인사했다.

아무튼 이기기는 했다.

하지만 이렇게 이겼으니 채점은 짤 것이다.

채점자의 취향은 순수하게 검으로 압도하는 것일 테니까.

노이슈는 어떻게 됐을까? 그렇게 생각하고 옆을 보았다.

격전이 이어지고 있었다.

이쪽과 달리 온전히 검을 맞부딪치는 싸움이었다.

노이슈의 검술은 왕궁 검술이었다.

이 나라에서 가장 격식 있는 검술로, 역대 사범들이 갈고닦은 지혜의 집대성.

과하게 아름다운 경향은 있지만 강력했다.

노이슈에게는 빈틈이 없었다.

이렇게까지 완성된 검사는 흔치 않을 것이다.

전황은 거의 호각이었다.

아니, 점점 노이슈에게 기울고 있었다.

마력 방출량의 차이 때문이었다. 검 실력만 보자면 부단장이 한 수 위다. 하지만 마력 방출량의 차이가 신체 능력의 차이로 이어지고 있었다.

게다가 상대방은 마력이 거의 고갈되었다.

마침내 결정적인 순간이 왔다.

부단장의 마력 강화가 흐트러졌고 자연스럽게 검도 흐트러졌다.

그것을 그냥 넘어갈 만큼 노이슈는 허술하지 않았다.

부단장의 완력이 약해진 것을 놓치지 않고 강타하여 검을 튕겨냈다. 그리고 목 앞에 검을 댔다.

“제가 이겼습니다.”

“졌다. 이것 참, 올해 신입생은 귀엽지가 않아. 단장님뿐만 아니라 우리 부단장들까지 당했으니 말이야……. 진 건 분하지만 이 나라의 미래는 밝군.”

큰 환호성이 울렸다.

내가 이겼을 때와는 달리 모두가 그랬다.

공작가의 고귀한 혈통이니 이겨도 이상하지 않았다. 그리고 상대가 공작가라면 시샘도 나지 않는다.

그게 분하지는 않았다. 디아와 타르트가 응원해 준다면 그걸로 좋았다.

디아와 타르트는 누구보다도 큰 성원을 보내 줬다.

노이슈가 나를 향해 웃었다.

“이로써 최종 결과는 알 수 없게 됐네.”

“심사원의 채점에 달렸지.”

그렇게 말은 했지만 수석은 십중팔구 노이슈일 것이다.

교관은 이런 정통파를 좋아한다.

그리고 공작가가 수석인 편이 여러모로 풍파가 일지 않는다.

압도적인 차이도 없어서 기량으로 정한다면 반드시 노이슈가 뽑힐 것이다.

◇

쉬는 시간을 갖고, 시험을 개시할 때 찾았던 현관에 다시 모였다.

문이 열리자 학부모들이 일제히 밀려들었다.

제 자식의 등급, 즉, 집안의 우수함을 빨리 확인하고 싶은 듯했다.

먼저 S반을 제외한 학급이 통틀어 게시되었다.

고함과 비명이 울려 퍼졌다.

……학생 중에는 울음을 터뜨리는 사람이나 실신하는 사람, 심지어는 부모에게 목이 졸리고 절연을 선고받은 이까지 있었다.

귀족 특유의 허세는 어쩔 수 없었다.

그리고 지금부터가 중요했다.

상위 여덟 명은 특별히 호명된다.

단상에 장년의 신사가 나타났다.

학원장이었다.

"그럼 지금부터 S반으로 뽑힌 자를 소개하겠다. 먼저 사용인부터. 베릴, 크란타, 타르트. 이상 세 명이다. 특히 타르트는 훌륭해.

일반 학생으로도 S반에 들어갈 수 있는 성적을 남겼다."

박수를 쳤다.

이로써 내가 S반에 들어간 것은 실질적으로 확정됐다.

역시 마력 보유자 사용인은 별로 없나.

아무튼 지금부터가 진짜 중요한 순서다.

S반으로 뽑힌 학생 여덟 명이 발표된다.

"8석, 벨루크 크뤼타리사."

한 명 한 명 호명되어 단상으로 올라갔다.

다들 자랑스러운 표정을 짓고 있었다.

S반으로 뽑힌다는 것은 그런 일이었다.

용사 에포나도 호명되었다. 4석인 모양이었다. 필기시험을 망친 게 크게 작용한 듯했다.

그리고…….

"지금부터 부를 상위 세 명은 이 세대를 이끌어 나갈 자들이다. 클로디아 투아하데. 3석 축하한다."

디아가 호명되었다.

"먼저 갔다 올게."

그렇게 말하고 디아가 뛰다시피 단상으로 향했다.

학생들과 그 친족의 시선은 나와 노이슈에게 집중되었다.

호명되지 않은 사람은 이제 우리뿐이고 둘 중 한 명이 수석이 된다.

학원장이 헛기침하며 뜸을 들였다.

그리고 천천히 입을 열었다.

"루그 투아하데."

먼저 호명되고 말았다. 즉, 차석이라는 뜻이었다.

알고 있었던 사실이라 낙담하지는 않았다.

오히려 차석이 눈에 덜 띄어서 좋았다.

"그리고 노이슈 게피스. 두 사람을 동률 수석으로 한다."

노이슈가 생글거리며 내 어깨를 두드렸고 둘이서 단상으로 향했다.

"비길 줄은 몰랐어. 이기지 못한 건 아쉽지만…… 뭐, 내 것이 될 남자가 우수한 건 대환영이야."

"네 것이 되겠다는 말은 안 했는데."

"아니, 그렇게 될 거야. 내가 그렇게 정했어."

엉망진창이다.

학생들의 박수와 선망 속에서 우리는 단상에 올랐다.

대체 노이슈는 내 어디가 그렇게 마음에 든 걸까.

하지만 나쁘기만 한 것은 아니었다.

노이슈가 있으면 좋은 바람막이가 된다. 「남작가 주제에」라고 말하는 녀석들이 다가오지 않게 된다.

어쨌든 용사와 같은 반이 된다는 목적은 달성했다.

이제 친구가 되기만 하면 되고, 그리 어렵지 않을 것이다.

Episode6

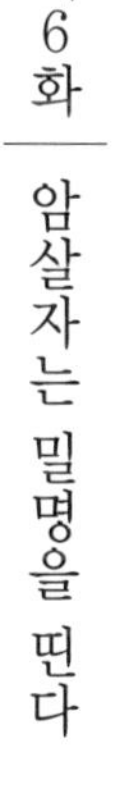

제 6 화 암살자는 밀명을 띤다

The world's best assassin, to reincarnate in a different world aristocrat

수석으로 입학하면서 화제의 인물이 되었다.

“갑자기 학원장의 호출을 받다니, 우리는 꽤 기대받고 있나 봐.”

“그렇겠지. 아무튼 S반 전원이 아니라 우리 네 명만 불렀으니까.”

다른 S반 학생들은 바로 교실로 향했는데 성적 상위자인 노이슈, 나, 디아, 그리고 타르트는 학원장실로 오라는 말을 들었다.

“루그, 네 동생도 하녀도 우수해. 내 밑으로 올 때는 당연히 그녀들도 힘을 빌려주는 거겠지?”

“애초에 난 너의 힘이 되겠다고 안 했어.”

“하하하, 안심해도 돼. 그런 마음이 들도록 내가 만들 거니까.”

웃고 있지만 상당히 무서운 소리를 하고 있었다.

실제로 공작가라면 불가능하지는 않았다.

공작가에 의견을 제시할 수 있는 사람은 왕족이나 대공 정도니까.

문제가 있다면 투아하데와 깊은 관계가 있

는 공작가가 있다는 점이었다.

왕가 외에 유일하게 은밀한 가업을 아는 집안이었다.

"그 얼굴, 가문을 생각하고 있지? 괜찮아. 그쪽도 내가 어떻게든 할 거니까."

"알고서 말하는 거야?"

"물론이지. ……그 정도도 못 하면서 이 나라를 어떻게 바꾸겠어? 그보다 도착한 모양이야. 학원장실이야."

노이슈의 말대로 목적지에 도착했다.

하인에게 인사하자 그가 문을 두드렸다.

"들어와."

중후한 목소리가 대답했다. 문이 열리고 우리는 안에 들어갔다.

학원장은 장년의 백발 남성이었다.

하지만 육체적인 노쇠함은 보이지 않았고 잘 단련된 몸이 건재했다.

하얀 머리는 사자의 갈기 같았고, 전신에서 특별한 오라 같은 것을 뿜어내고 있었다.

학원장은 강하다. 5년 전까지 기사단장이었던 남자로 실력과 지도력 모두 역대 최고라는 말을 들었었다. 은퇴한 지금도 현역 기사단장보다 강하다고 여겨졌다.

그런 그가 입을 열었다.

"노이슈, 루그, 클로디아, 타르트. 우리 학원의 문을 두드려 줘서 고맙다. 그것도 이 시기에 말이야."

"그렇게 말씀하시는 건 용사 때문인가요?"

"그래. 용사로 선택된 에포나는 강해. 하지만 미숙하지. 에포나를 지탱할 자가 필요해. 학우면서 우수한 너희라면 용사의 동료로 최적이다. 조만간 용사와 함께 각지로 여행을 떠나 줘야겠어."

노이슈가 일순 불만스러운 분위기를 풍겼다가 감추고 발언했다.

"학원장님, 외람된 말씀이지만 저희는 아직 미숙합니다. 저희보다 우수한 기사와 마법사가 있습니다. 설령 저희의 능력이 뛰어나다고 판단하셨더라도 실전 경험이 없기에 현장에서는 예측하지 못한 사태에 대응하지 못하여 실패할 겁니다. 용사를 수행한다는 중요한 임무는 저희에게 버겁습니다. 부디 재고해 주십시오."

의외였다. 출세욕과 자기 현시욕이 강한 노이슈가 거절할 줄은 몰랐다.

용사와 동행하는 것은 최고의 영예다.

모든 일이 잘 풀리면 문자 그대로 세계를 구했다는 명예와 실적이 손에 들어오니까.

"겸손은 필요 없다. 입학시험에서 노이슈와 루그는 현시점에도 기사단 부단장을 웃도는 실력을 지녔음을 증명하지 않았나. ……그들보다 강한 자는 그리 많지 않아."

"경험이 부족한 저희는 예측하지 못한 사태에 대응하지 못합니다."

"그렇다면 더욱 강해지면 된다. 이 학원은 그걸 위해 있다."

"저는 그런 중책을 버티지 못합니다."

"후우, 아직도 억지를 부리는 건가. 어설픈 연극은 그만두도록, 노이슈 게피스. 내가 보증하지. 용사의 동료가 된다고 해서 네가 이루고자 하는 일을 돌아가게 되는 것은 결코 아니야. 이렇게까지 말했는데도 안 된다면, 말 안 해도 알겠지?"

"……거기까지 꿰뚫어 보고 계셨나요. 제 힘을 용사를 위해 바치겠습니다."

노이슈가 귀족식으로 인사했다. 이 이상의 실랑이는 소용없음을 깨달았을 것이다.

그런 빠른 판단도 노이슈의 미덕이었다.

상황은 이해했다. 그리고 신경 쓰이는 점이 하나 있었다.

"학원장님, 왜 가장 중요한 용사를 이곳에 부르지 않은 겁니까? ……저희에게 뭘 시키시려는 거죠? 그저 용사의 동료가 되는 것이라면 이 자리에 용사를 부르는 편이 좋았을 텐데요."

"눈치채고 있겠지. 루그 투아하데, 너는 강해. 하지만 그 이상으로 우리는 그 두뇌를 높이 평가하고 있다."

시험 결과만을 말하는 게 아니겠지.

용사의 동료로 삼기로 했다면 분명 온갖 수단으로 후보생들의 신원을 조사했을 터다.

그렇다면 여기서 시치미를 떼서는 안 된다.

"저희에게 기대하는 역할은 용사 에포나 리안논의 족쇄겠죠. 임무로 수행하는 게 아니라 친구로서 사귀라는 것 아닙니까? 그렇기에 저희여야 한 거죠. 단순히 저희보다 우수한 인물이라면 얼마든지 있습니다. ……솔직히 그다지 내키지 않습니다."

"하하하, 정답이다. 역시나 투아하데라고 해야 하나. 그 녀석도 좋은 아들을 뒀어."

「역시나 투아하데」인가…….

정말로 어디까지 알고 있는 걸까. 어쩌면 왕가가 용사를 잘 운용하기 위해 정보를 제공했을지도 모른다.

"저기, 루그. 나는 무슨 뜻인지 잘 모르겠어. 더 자세히 가르쳐 줘."

"용사는 세계 최강의 생물이야. 그 힘은 상궤를 넘어섰어. 누구도 용사를 힘으로 구속할 수 없어. 용사가 알반 왕국을 멸망시키고자 한다면 이 나라는 그걸로 끝이야. 여기까지는 알겠지?"

"응, 그건 알아. 그렇게나 강했는걸."

"그럼 다음. 족쇄가 채워지지 않은 괴물은 앞으로 대량 발생할 마물이나 마족, 마왕보다도 무서워. 그래서 마음을 구속하는 거야. 요컨대 친한 친구가 있으니까 이 나라를 지키고 싶다고 생각하게 만드는 거지. 원래 용사에게 보조 같은 건 필요 없어. 다른 자와 힘이 너무 달라서 방해만 될 뿐이야. 우리에게 기대하는 역할은 감시 및 마음을 구속하는 족쇄야."

"그럴 수가."

용사는 그 힘 때문에 약물도 효과가 없고 세뇌도 되지 않는다.

그래서 친구를 이용하여 정에 호소하는 것이다.

냉혹하다는 생각이 들지만 합리적이었다.

"흠, 내가 할 말은 더 없군. 전부 루그 투아하데가 말한 대로다. 할 수 있겠냐고 묻진 않겠다. 해 줘야겠어. 어떤 의미에서 용사보다도 더 이 나라에 공헌하는 일이다. 보상은 기대해도 좋아."

타르트의 어깨가 떨리고 있었다.

뭔가를 말하려다가 삼키고 있었다.

발언해 보라고 눈짓하자 조심조심 손을 들었다.

"저, 저기, 만약 지금 여기서 나눈 대화가 밖으로 새어 나가면, 어떻게 되나요?"

"알반 왕국에 대한 반역으로 본다. 그것도 최상급의. 실패해도 마찬가지다."

본인뿐만 아니라 관련된 사람 모두가 극형에 처한다는 의미였다.

만약 타르트가 누설한다면 나와 부모님도 사형이다.

노이슈와 눈이 마주쳤다. 서로 쓰게 웃었다.

나 참, 열네 살 어린애한테 무슨 짓을 시키는 건지.

"알겠습니다. 에포나의 마음을 열고 친구가 되겠습니다."

"저도 그러겠습니다."

"그럴 수밖에 없으니 말이지. 나도 하겠어."

"네, 열심히 할게요! 루그 님과 함께라면!"

그리하여 우리에게는 용사와 친구가 되는 것이 의무화되었다.

학원 측에서도 도와준다는 모양이다.

학원은 나를 이용하고 나도 학원을 이용한다. 어떤 의미에서 최고의 협력 체제라고 할 수 있었다.

◇

학원장실을 나오자 친절해 보이는 덩치 큰 남자 교관이 생글생글 웃으며 기다리고 있었다.

"오! 학원장님의 이야기가 드디어 끝났나 보네. 기숙사 식당으로 가도록 해. 오늘은 너희를 위한 환영회가 열려. 진수성찬이 잔뜩 있지! 그리고 노이슈와 루그는 신입생 대표로 인사해야 하니까 생각해 둬."

조금 전까지의 어두운 분위기가 날아갔다.

"나는 그런 거 잘 못 하는데."

"거짓말하지 마, 노이슈. 너 같은 녀석이 못할 리가 있나."

"들켰나……. 아까 그 얘기 말인데, 너와 나라면 어떻게든 될 거야. 타인이 무섭고 자신감도 없으면서 누군가가 신경 써 주길 바라는 어리광쟁이 한 명을 구슬리는 것쯤이야, 뭐."

"그렇겠지. 보아하니 그렇게 어렵진 않겠어."

"후후후, 갑작스러운 공동 작전이네. 나쁘지 않아. 여러 가지로 실력 좀 볼게."

서로 그 이상은 말하지 않고 환영회 장소로 향했다.

다만 여신이 말했던 미래가 아무래도 신경 쓰였다.

『용사는 마왕을 쓰러뜨린 후, 미쳐서 세계를 멸망시키려고 한다』

……그 미래는 어떤 전제로 일어나는 미래일까.

만약 나와 노이슈가 에포나의 친구가 된 미래에도 그렇게 된다면 에포나가 미치는 계기는 우리일지도 모른다.

우리에게 배신당해서 용사는 분노하고 슬퍼하며 세계에 이빨을 드러내는 것이다.

과한 생각일지도 모르지만, 우리가 배신자인 것은 틀림없었다. 노이슈는 딱 잘라 일이라고 생각하고 있고, 나는 아예 죽이려고 접근하는 거니까.

거짓된 관계여도 최소한 친구로 있는 동안에는 에포나의 버팀목이 되어서 웃게 하자.

그러면 에포나가 미치지 않는 미래가 가까워진다. 죽이지 않고 해결하는 편이 좋다.

회장에 가니 사람들에게 둘러싸여 있는데도 고독한 에포나가 있었다.

인사하러 갈까. 우선은 기억에 남기는 것부터 시작하자.

신입생을 환영하기 위해 기숙사 식당에는 호화로운 진수성찬이 차려져 있고 좋은 술이 갖춰져 있었다.

“뭐, 나쁘지는 않은 식사네.”

“노이슈의 기준이라면 그렇겠지.”

이미 연회는 시작된 모양이라 분위기는 달아올라 있었다.

용사 곁에는 많은 학생이 모여들어 있었다. 남자인지 여자인지 알 수 없는 중성적이고 자그마한 에포나가 더 작아 보였다.

입학시험 전에는 여러모로 몸을 사렸고, 그때 저 무리에 뛰어들었다면 용사 에포나에게 내 첫인상은 다른 이들과 다를 바가 없었을 것이다.

하지만 지금은 수석이라는 간판이 있다.

실제로 내가 다가가자 인파가 갈라졌다.

……나는 에포나를 계속 관찰했었다. 시험을 치르는 동안 줄곧.

그렇기에 에포나를 대하는 방법을 알았다.

자, 첫 접촉이다.

“같은 반이 된 루그 투아하데야. 잘 부탁해.”

"아, 안녕. 나는, 크흠, 나는 에포나야. 에포나 리안논. 잘 부탁해."

내가 내민 손을 에포나가 꽉 잡았다.

피부가 두껍고 딱딱했다. 하지만 명문 무가에서 태어난 자에게 흔히 보이는, 일상적으로 검을 다뤄서 생긴 굳은살이 아니었다.

이건 농작업으로 생긴 굳은살이다. 근육이 붙은 방식도 농민과 같았고 무술 경험은 없어 보였다.

"학우가 됐으니 서로서로 도와 나가자."

"으, 응. 하지만 내가 뭘 가르쳐 줄 만한 건 없는데."

"겸손은 필요 없어. 에포나는 몸을 움직이는 방식이 훌륭해. 참고하고 싶어."

"그, 그런가? 그럼 나한테 공부를 가르쳐 줘. 시험 보는데 전혀 모르겠더라."

"그래. 힘이 되어 줄 수 있을 거야."

상냥하게 말을 걸고 즐겁게 대화를 이어 나갔다.

상대는 용사지만 일부러 존댓말은 쓰지 않았다.

공손한 태도를 에포나가 바라지 않는다는 것을 알기 때문이다.

에포나는 예전에 박해받았고, 용사가 되자 이번에는 추켜세워지게 되었다. 예나 지금이나 고독해서 사람의 온기에 굶주려 있었다.

그래서 이렇게 많은 사람에게 둘러싸여 있는데도 외로워했다.

에포나가 원하는 것은 색안경을 끼지 않고 대등하게 자기 자신을 봐 주는 존재다.

그래서 그렇게 행동했다.

대화의 캐치볼에 변화가 나타났다. 처음에는 내가 공을 던지고 에포나가 돌려주는 패턴밖에 없었지만 지금은 저쪽에서 먼저 공을 던지게 되었다. 마음을 열고 있다는 증거였다. 슬슬 물러나기로 할까.

조금 아쉽다, 조금 더 이야기하고 싶다. 그렇게 상대가 생각하게 됐을 때 철수하는 것이 첫인상을 좋게 하는 비결이었다.

마침 교관 한 명이 부르러 왔다.

신입생을 대표해서 인사하라는 지시였다.

"미안, 에포나. 불러서 가야 할 것 같아."

"아냐, 어쩔 수 없지. 수석인걸. 나랑 똑같은 남작가 출신인데 대단하다."

에포나가 선망의 눈으로 나를 봤다.

"출신이 관계없다고는 할 수 없지만, 그게 전부는 아니야."

"루그는 굉장하네. 어른스럽고 당당해서 멋있어. 그리고 루그라면…… 망가지지 않을 것 같아."

마지막 한 마디는 속삭이듯 아주 작았다. 내 귀가 아니라면 듣지 못했으리라.

『망가지지 않을 것 같다』. 그건 대체 무슨 뜻일까?

◇

노이슈와 함께 기숙사 식당에서 가장 눈에 띄는 위치로 이동하자 신입생 전원의 주목이 모였다.

먼저 노이슈가 입을 열었다.

"별로 길게 이야기할 생각은 없으니 가장 전하고 싶은 말을 할게. 나는 여기 있는 모두와 경쟁하고 싶어. 경쟁하고 성장하기 위해 나는 학원에 왔어. 내가 성장하기 위해, 다들 나를 따라잡아서 수석 자리를 위협해 주길 바라! 함께 강해지자. 이상이야."

너무나도 남자다운 인사에 박수가 폭발했다.

멋있잖아. 덕분에 조금 부담이 생겼다.

노이슈가 장난기 어린 눈으로 나를 보았다.

이 녀석, 일부러 그랬나.

하지만 그저 분위기를 띄우기 위해 한 말이 아니라 진심에서 우러나온 말이라는 것을 알기에 악감정을 가질 수 없었다. 기분을 전환하자. 다음은 내 차례다.

잠시 뜸을 들이고서 이야기하기 시작했다.

"우리는 각자의 영지를 떠나 이곳에 있어. 솔직히 2년은 길어. 사실은 그 2년을 영지 발전을 위해 쓰고 싶은 사람도 많을 거야."

내 말에 몇 명이 웃었다.

"그래도 알반 왕국에 충성을 맹세하는 자로서 부름에 응했어. 이곳에서 보내는 2년을 헛되이 만들지 않겠어. 반드시 많은 것을 얻겠어. 그리고 너희도 그랬으면 좋겠어. 이 나라가 번영하려면 우리가 성장해야 하니까. 2년 후에 이곳에 오길 잘했다고 말할 수 있도록 함께 힘내자."

디아와 타르트가 제일 먼저 크게 박수를 쳤고 이어서 연쇄적으로 박수가 퍼졌다.

꽤 작위적인 말이었지만 이 자리에서는 이 정도가 딱 좋았다.

교관이 마무리 멘트를 했고 나와 노이슈는 돌아갔다.

그런 내 곁으로 디아와 타르트가 왔다.

"루그, 멋있었어."

"맞아요. 그야말로 수석이라는 느낌이었어요! 소리를 보존하는 마법이 없는 게 아쉬워요."

"고마워. 조금 쑥스럽네."

"그리고 루그 님은 밥을 전혀 안 드신 것 같아서 좋아하시는 음식을 확보해 왔어요! 여기요."

예쁘게 요리가 담긴 그릇을 타르트가 건넸다.

타르트가 말한 대로 요리의 종류와 양이 내 취향이었다.

"고마워. 이제 요리도 거의 안 남았으니 말이지. 역시 다들 성장기라 그런지 잘 먹어."

"있지, 오늘은 일 더 안 해도 돼?"

"그래. 에포나와 접촉은 했어. 그리고 눈여겨봤던 녀석들은 이쪽을 살피고 있어. 대화가 끊긴 타이밍에 저쪽에서 먼저 올 거야."

그렇게 말하며 주위를 둘러봤다.

곧장 한 명이 이쪽으로 걸어왔다.

그리고 노이슈가 에포나와 이야기하는 모습이 눈에 들어왔다.

나와는 다른 방식으로 에포나의 환심을 사고 있었다.

빈틈이 없었다. 상위 귀족일수록 본인의 우수함보다 남을 잘 다루는 기술이 필요해서 어릴 때부터 전문적인 교육을 받는다. 노이슈라면 이 정도는 쉬울 것이다.

다만 신경 쓰이는 점이 있었는데, 노이슈는 에포나를 여성으로 대하고 있었다. 호적상으로는 남자일 텐데. ……이건 다시 조사할 필요가 있을 것 같다. 공작가인 만큼 용사에 관한 정보를 나보다 더 자세히 입수했을지도 모른다.

"디아, 타르트. 표면상으로는 학원 내에서 신분은 관계없어. 하지만……."

"허울뿐인 원칙이라는 것 정도는 알아."

"루그 님을 망신시키지 않도록 힘낼게요."

그것만 알고 있으면 괜찮다.

기사 명문가에서 태어나 S반이 된 남자가 왔다.

그와는 일단 친해지고 싶다.

◇

환영회가 끝나고 각각의 기숙사로 안내받게 되었다.

"기숙사가 세 개나 있다니 신기하네."

"하나로 통합하는 편이 수고가 덜 들지 않나요? 부자들의 생각은 모르겠어요."

두 사람이 의아해했다.

"나눈 것에도 의미가 있어. 뭐, 보면 알 거야."

이 무리에는 S반 학생과 그 사용인밖에 없었다.

마침내 도착한 기숙사를 보고 타르트의 눈이 휘둥그레졌다.

“이거, 기숙사가 아니라 저택이잖아요.”

“말했잖아. 학급별로 대우가 전혀 달라. 수업뿐만 아니라 생활 환경까지 그렇게 되어 있어.”

기숙사로 들어가 각자의 방으로 안내받았다.

디아와 헤어지고 타르트와 나에게 배정된 방으로 들어갔다.

거실과 부엌, 그 외에 방 세 개를 자유롭게 쓸 수 있었다.

가구와 세간도 일급품이었다. 요청하면 가구를 추가할 수도 있는 듯했다.

게다가 청소와 빨래 등은 의뢰하면 처리해 줬다.

“여기가 저와 루그 님의 방이군요.”

“사용인을 데려오면 방 하나를 사용인이 쓰는 형식이야. 미안. 타르트의 성적이라면 평범하게 입학할 수도 있었어. 그랬다면 타르트도 한 구역을 통째로 쓸 수 있었을 텐데.”

“전혀 미안해하지 않으셔도 돼요!! 그게, 많이 모자라지만 잘 부탁드려요. 루그 님과 같은 방이라니…… 어쩌죠. 지금까지도 같은 집에 살았는데 두근거려요.”

가슴 앞에 주먹을 쥐고 거칠게 숨을 내쉬어서 조금 무서웠다.

그런 타르트를 보고 있으니 노크 소리가 들려 문을 열었다.

“루그, 아직 타르트한테 안 덮쳐졌지?”

“무, 무슨 말씀을 하시는 서예요?!”

“후우, 이렇게 좁은 방에 단둘이라니 불안해. 나도 이쪽에서 살까? 거실 말고도 방이 세 개 있으니까 한 사람당 하나씩 쓸 수 있잖아.”

“그러면 원래 디아 방은 어쩌려고?”

“창고로 쓰지, 뭐. 딱 좋은 크기야.”

역시 성에서 자란 진짜 부자다.

“참고로 얼마나 진심이야?”

“응? 대충 100% 정도. 타르트랑 그런 관계가 돼도 괜찮지만, 나보다 먼저 하는 건 싫은걸.”

“아, 안 해요! 그런 용기 없어요!”

용기가 있었으면 할 거냐고 묻고 싶어졌지만 그건 지뢰다.

“아무튼 디아가 이쪽에서 지내는 건 딱히 상관없어. 마음대로 해.”

“저도 좋아요. 그편이 디아 님의 시중을 들기도 편하고요. 그리고 솔직히 안도했어요. 지금 이대로라면 언제 제가…… 크흠.”

“그럼 나중에 짐을 가져올게.”

한 사람당 방 하나씩 쓸 수 있으니 문제는 없을 것이다.

……넓이와는 별개로 이 사실이 다른 학생에게 알려지면 하렘 자식이라고 야유받을 것 같지만, 명목상으로는 동생과 하녀였다.

“근데 놀라우리만큼 호화롭네요. 학생 한 명에게 이런 방이라니. 역시 마력 보유자를 위한 학원이에요.”

“뭐, 이렇게까지 엄청난 대접을 해 주는 건 S반뿐이야. A반은 1인실을 받지만 침대와 책상, 수납장을 두면 싹 차는 넓이고, B반부터는 다른 학생과 방을 같이 쓰는 데다가 가사는 스스로 하거나 사용인을 써야 해. ……그래서 정기 시험 때마다 상위 학급에 있는 녀석을 끌어내리려고 다들 필사적이야.”

그것 또한 좋은 동기 부여가 된다.

특히 아래쪽 반은 어떻게 해서든 1인실을 손에 넣고 싶어 한다.

“잠시만요. 다른 학생과 방을 같이 쓴다면 사용인은 어떻게 시중을 들죠?”

“S반 이외의 사용인은 C반 기숙사에 사용인용 다인실이 준비돼. 거기서 주인의 기숙사에 다니는 거지.”

“즉, 아랫반으로 내려가면 루그 님과 떨어지게 되는 거네요……. 절대로 그럴 순 없어요. 동거 생활을 위해 힘내겠어요!”

“나도 그건 싫어. 성적이 떨어지지 않게 조심해야겠어.”

“그런 당장의 이점이 없더라도 확실하게 공부해 두면 재산이 돼.”

쓰게 웃으며 중얼거렸다. 타르트는 내 성적에 따라 반이 결정되므로 열심히 공부할 필요는 없다. 하지만 모처럼 의욕을 보이고 있으니 조용히 있자.

“네! 그런데 정말 좋은 방이에요. 부엌까지. 이거라면 루그 님이 수석이 된 걸 축하하는 케이크를 구울 수 있겠어요.”

“축하 케이크는 훈련한 다음에 만들자. S반 기숙사에는 트레이닝룸이 있어. 예약제 개인실이야. 거기라면 투아하데의 기술도 가르칠 수 있어.”

“정말로 무엇이든 다 있네. 그럼 케이크는 몸을 움직인 뒤에 먹

자. 그러는 편이 더 맛있어서 대환영이야."

"그러네요. 오늘부터 매일 밤 루그 님과 공부하고, 훈련하고, 같은 방에서 잘 수 있어요……. 너무 행복해요. 마하에게 미안할 정도로요."

마하는 지금도 상점에서 열심히 일하고 있을 것이다.

에포나를 추가로 조사해 달라고 마하에게 의뢰해 두자.

리안논 가문에는 뭔가가 있다.

셋이서 트레이닝룸에 갔는데 거기서도 충실한 설비와 넓이에 놀랐다.

새로운 생활은 꽤 쾌적하게 보낼 수 있을 것 같다.

트레이닝룸에서 운동한 후에 샤워하고 방으로 돌아왔다.

잠들기 전에 오늘 한 훈련을 생각했다.

일단 나는 새로운 필살기를 개발하는 데 성공했다. 마력을 주입할수록 용량이 늘어나는 마법 주머니를 이용한 기술이었다.

아직 개량의 여지가 있지만 형태가 잡힌 것은 기뻤다.

다음으로 두 제자에 관해서도 돌아보았다.

마침내 디아에게 기초 체력이 붙었다. 원래부터 초보적인 검 훈련을 받았기에 단기간에 기초가 잡혔다.

슬슬 응용편에 들어가도 되니 디아의 훈련은 순조롭다고 할 수 있었다.

문제는 타르트 쪽이었다.

"……걱정했던 대로 역시 눈이 속도를 쫓아가지 못해."

투아하데의 육체 개조, 탁월한 마력을 이용한 신체 강화, 그리고 자신의 속성인 바람에 의한 가속으로 타르트는 초고속 전투를 벌일 수 있다.

하지만 그 속도를 눈이 쫓아가지 못하게 되었다.

상대가 일류 수준이라면 문제없지만, 나나 아버지급을 상대한다면 간단히 카운터를 먹을 테고, 그 속도 때문에 일격에 치명상을 입을지도 모른다.

개선할 방법은 있다.

첫 번째 방법은 자신이 제어할 수 있는 속도만 내도록 훈련하는 것. 현실적이기는 하지만 가장 큰 장점을 죽이는 일이다.

두 번째 방법은 나와 마찬가지로 투아하데의 눈을 주는 것.

이 눈이 있으면 초월적인 동체 시력을 얻을 수 있다.

시술 방법은 아버지로부터 이미 전수받았다. 수술 자체는 가능하고, 어차피 언젠가 태어날 내 아이에게 실시하기 전에 누군가로 연습할 필요는 있었다.

……하지만 실패하면 타르트는 실명하고 만다.

최소한 다른 실험대가 있었으면 좋겠다. 죄인 상대로는 몇 번 해봤지만, 마력 보유자가 아니면 거의 실패하는 시술이라서 어디까지나 공정을 외우는 훈련에 불과했다.

만전을 기하려면 마력 보유자로 연습해야 했다.

"다음에 암살 의뢰가 들어오면 대상을 확보할까."

그게 가장 좋다.

죽였다고 보고하고서 빼돌려 실험하고 죽이는 것이다.

하지만 학원에 있는 동안에는 암살할 기회가 그리 많지 않다는 점이 문제였다. 학원 체재 중에는 아버지가 의뢰를 처리한다.

예외가 있다면 학원 내에 타깃이 있는 경우다. 그때는 아버지도 나를 쓰려고 할 것이다.

◇

기숙사 전체에 종소리가 울려 퍼졌다.

기상 종소리였다.

교복으로 갈아입고 방을 나가 거실로 향했다.

전신 거울에 비친 모습을 보았다.

검은색 베이스에 파란색 라인이 들어간 교복이었다.

그리고 완장은 금으로 장식되어 있었다. S반이라는 증거였다. 이 학원에서는 완장만 봐도 무슨 반인지 알 수 있었고, 이게 있으면 학원 내 시설에서 다양한 우대를 받을 수 있었다.

"루그 님, 안녕히 주무셨어요."

"안녕, 타르트. 그 교복, 귀엽고 잘 어울려."

"옷이 몸에 딱 맞아요. 움직이기 편하고, 저도 마음에 들어요."

타르트가 빙그르르 돌자 치맛자락이 나풀거렸다.

타르트의 옷은 교복과 메이드복의 중간처럼 생긴 옷이었다.

사용인으로 들어온 학생은 사용인임을 알 수 있게 교복 디자인이 달랐다.

"나도 그쪽이 좋았을 것 같아. 그쪽이 더 귀여운걸."

디아가 졸린 듯 눈을 비비며 나왔다.

타르트의 교복과 비교하면 늘씬하고 깔끔한 실루엣이었다.

"그런가요? 디아 님에게 어울리는 옷은 틀림없이 그쪽이에요."

"동감이야. 디아에게는 귀여운 옷보다 예쁜 옷이 더 잘 어울려."

"……그런 말을 들으니까 쑥스럽네. 하지만 기뻐. 나도 타르트도 자신에게 어울리는 교복이라 다행이야."

그러게. 디아에게 예쁜 옷이 잘 어울리듯, 타르트에게는 귀여운 옷이 잘 어울렸다.

"둘 다 잊어버린 물건은 없는지 체크했지? 첫날이 중요해."

"깜빡하는 멍청한 짓은 안 해."

"어제 몇 번이나 체크했으니까 괜찮아요. ……됐다, 아침밥 다 됐어요."

타르트가 거실에 아침밥을 차렸다.

메뉴는 콘수프. 그리고 갓 구운 빵에 양상추를 올리고 그 위에 반숙 스크램블드에그를 얹었다. 여기에 타르트 특제 토마토소스를 뿌려서 먹는다.

"이 재료는 어디서 났어?"

"조식은 재료를 지급받거나 식당에서 먹을 수 있는데 어떻게 할 거냐고 어젯밤에 질문받았거든요. 그래서 재료를 받겠다고 했더니 오늘 아침에 와 있었어요."

"좋은 판단이야. 익숙한 타르트의 요리를 먹으니 안심이 돼. 어제부터 계속 신경을 곤두세우고 있었으니까."

"맞아, 맞아. 아침은 셋이서 마음 편히 먹고 싶고. 식당보다 이쪽이 좋아."

그렇게 느긋하게 아침 시간이 흘러갔다.

식후에는 어제 먹고 남은 타르트의 축하 케이크와 홍차를 즐겼고, 그러는 사이에 어제 쌓인 피로는 날아가 버렸다.

◇

기숙사를 나서자 노이슈가 달려왔다.

"셋 다 안녕. 모처럼 만났으니 같이 교실까지 갈까?"

"안녕. 그럼 가자."

"하하하, 역시 나도 혼자 가려니 불안해서 말이야. 당장 아침부터 봉변을 당했어."

"아침?"

"그래. 식당에서 아침을 먹으려고 했는데 내가 앉은 자리가 상급생 지정석이었던 모양이라 된통 혼났어. 첫날이니까 특별히 용서받았지만."

이 기숙사는 S반 학생 전용이다.

그건 상급생도 포함한 이야기라서 이런 일도 일어날 수 있었다.

"귀찮은 수직 사회네. 그 밖에도 이것저것 있을 것 같으니 조심하는 편이 좋겠어."

"뭐, 그렇지. 친해질 수 있을 듯한 선배가 있었으니 여러 가지로 정보를 뽑아내 보려고."

노이슈는 그렇게 말하고 웃었다.

노이슈도 사용인을 데려왔기에 자기 방에서 식사할 수 있었다. 그런데도 굳이 식당을 이용한 것은 인맥을 만들기 위해서겠지.

상급생 지정석도 자신의 인상을 남기려고 일부러 앉았을지도 모른다.

"여러모로 적당히 해."

"……호오, 아는구나. 응, 다름 아닌 친구의 충고이니 조심할게."

3분 정도 걷자 수업동에 다다랐고 교실에 도착했다.

수업 시작 10분 전에 도착했는데 이미 S반 전원이 와 있었다.

이 교실에서 VIP는 셋.

게피스 공작가의 적자, 노이슈 게피스.

싸움에 특화된 기사 명문 막쿨 백작가의 차남, 핀 막쿨.

용사 에포나 리안논.

다른 녀석들도 우수하긴 하지만 주의할 정도는 아니었다.

노이슈나 핀과는 적대하지 않는 편이 좋았다.

집안도 좋지만 무엇보다 본인이 우수했다.

순수하게 검술만 보자면 핀은 나보다 뛰어났다.

머리도 좋았다. 어제 파티에서 핀과 이야기해 봤는데, 조용하지만 상당한 수완가임을 알 수 있었다.

노이슈와 달리 자신의 능력을 과시하지 않으나 날카로운 발톱을 숨기고 있어서 방심할 수 없었다.

"안녕."

살갑게 미소 지으며 인사하자 다들 대답해 줬다.

적어도 공공연하게 남작가라며 무시하는 녀석은 S반에 없는 듯했다.

노이슈는 나와 두세 마디 이야기를 나누고서 핀 곁으로 갔다.

아마 핀을 구슬릴 생각이겠지.

노이슈라면 핀의 우수함을 눈치챘을 터다.

그러고 있으니 교관이 왔고 동시에 종소리가 울렸다.

"다들 온 모양이군. 그럼 먼저 인사하지. 나는 이 반을 담당하게 된 마일 둔이다."

이 학원의 교관 대부분이 그렇듯 잘 단련된 몸을 가지고 있었다.

까무잡잡한 육체는 늠름했고, 눈빛은 날카로웠으며, 실전을 아는 자가 풍기는 분위기를 휘감고 있었다.

"제군들은 현재 학원에서 뛰어난 힘을 가지고 있다. ……하지만 어디까지나 현시점에서 그럴 뿐이야. 반년 후에는 어떻게 될지 알 수 없다."

반년 후에는 시험이 있다.

정기 시험의 결과에 따라 몇 명의 반이 바뀐다.

"너희는 이렇게 생각하고 있겠지. 우수한 자신들이 우대까지 받는데 뒤처질 리가 없다고. 어떤 의미에서 맞는 말이야. ……하지만 기어오르려고 하는 자의 집념은 너희의 상상을 웃돈다. 매번 시험 때마다 멤버는 바뀌고 있어. 위기감을 가져라. 안 그러면 일찌감치

이 반에서 사라질 거다."

……지금의 환경을 빼기기 싫으면 이쪽도 죽을힘을 다해야 한다는 건가.

"그럼 서론은 끝내고 수업을 시작하지. 2년간 너희는 알반 왕국의 검에 걸맞은 힘과 그 힘을 휘두를 만한 교양을 익힐 것이다. ……하나 깜빡했군. 너희는 최고의 환경을 얻었다. 그에 상응하는 행동을 보여라. S반은 이 학원의 얼굴이다."

학생들이 고개를 끄덕였고 첫 수업이 시작되었다.

첫 수업은 이론이었다.

이 나라의 역사부터였다. 곁눈질로 다른 학생들을 살펴보니 벌써부터 용사 에포나가 머리를 싸매고 있었다.

나중에 공부를 가르쳐 주겠다며 대화할 계기를 만들어야겠다.

문득 반가운 기척이 느껴졌다.

창밖을 보니 흰 비둘기가 날고 있었다.

투아하데에서 쓰는 특수한 전서구였다. 그 녀석이 내 방으로 가고 있었다.

저 전서구를 이용하여 내게 연락하는 사람은 아버지와 마하뿐이다.

아버지가 연락하는 일은 드물고, 마하에게 용사 에포나를 추가로 조사해 달라고 의뢰한 것은 어제다. 마하가 우수하다고는 하지만 아직 조사 결과가 나오지는 않았을 테니 다른 일이다.

……수업이 끝나면 바로 확인하자.

보낸 사람이 아버지라면 매우 긴급한 암살일 테고, 마하라면 오르나에서 마하와 가짜 형이 대응할 수 없을 만큼 성가신 사건이 일어났을 가능성이 크다.

오늘의 수업이 끝났다.

첫날은 전부 이론 수업이었다.

"루그, 오후에는 카페에 가지 않을래? 우리 S반 전원이 단결해야 한다고 생각해."

"미안. 오늘은 갈 형편이 안 돼. 다음에 또 권유해 줘."

같은 반 학생들과 깊이 친교를 맺을 기회가 귀중하다는 것은 안다. 하지만 한시라도 빨리 편지 내용을 확인하고 싶었다.

"아쉽네."

"루그가 안 간다면 나도 돌아갈래."

디아가 그런 말을 꺼냈고 타르트가 고개를 끄덕였다.

"아니, 두 사람은 갔다 와. 역시 우리가 다 빠지는 건 좀 그렇잖아. 두 사람이 투아하데의 대표로 갔으면 좋겠어."

셋이서 고립되는 일은 피하고 싶었다.

두 사람이 얼굴을 내민다면 연결 고리는 만들 수 있다.

"알겠어. 루그의 몫까지 모두와 친해질게."

디아는 그런 정치적 세계에서 살아왔던 만큼 굳이 말로 설명하지 않아도 이해했다.

불안해하는 타르트에게 미소 지어 주고서 나는 혼자 기숙사로 돌아갔다.

◇

기숙사의 새장에서 전서구가 쉬고 있었고 그 발에는 편지가 감겨 있었다.

"수고했어. 여기까지 오느라 힘들었지?"

편지를 회수하고 쓰다듬어 줬다.

편지를 펼쳤다.

"아버지가 보냈나. 좋아해도 되는 건지 미묘하네."

편지를 보낸 사람은 아버지였다.

낯선 학원에서 생활하느라 몸살이 나지는 않았느냐? 영양가 있게 잘 챙겨 먹고 있느냐? 돈이 궁하면 보내 주겠다. 그런 내용이었다.

이건 위장이다.

아버지가 고작 이런 말을 전하기 위해 전서구를 보내다니 말도 안 된다.

전서구는 제삼자가 회수하여 정보가 누설될 위험성이 있다.

그렇기에 암호화하여 제삼자가 보면 『그저 아들을 걱정하는 아빠』로 보이도록 한 것이다.

의미가 통하지 않는 문면이라면 뭔가 있다고 의심받는다.

그 암호를 해독해 나갔다.

"……그렇군. 아버지가 내게 연락할 만해."

내용을 보고 웃을 수밖에 없었다.

아무래도 암살자가 학원에 들어와 용사 에포나를 노리고 있는 모양이었다.

그 암살자를 죽이라는 내용이었다. 학원장에게 이야기해 둔 상태라 백업을 받을 수 있다고 한다. 암살자에 관한 정보는 없었다. 죽여야 할 상대를 찾는 것부터 해야 했다.

"암살로부터 에포나를 지키라고? 웃기는 소리. 그걸 죽을 수 있다면 죽여 보라지."

나는 에포나와 만난 이후로 어떻게 죽일지 계속 생각하고 있지만 답이 나오지 않았다.

완전히 방심한 상태에서도 거의 실패한다.

에포나가 마음을 열고 무방비하게 말을 걸어왔을 때, 머릿속으로 살해를 시뮬레이션했다. 결과는 실패였다.

……현재 가장 확률이 높은 암살 방법은 【궁니르】를 쓰는 것이다.

그것도 한 발이 아니다.

에포나가 자고 있을 때, 마력이 되는 대로 【신창】을 쏘아 올려서 융단 폭격을 퍼붓는다.

그랬을 경우 20% 정도는 죽일 가능성이 있다는 것이 내 추론이었다.

그런 상대를 대체 누가 죽일 수 있단 말인가.

"……뭐, 좋아. 찾아볼까."

내가 모르는 용사의 약점이 있을지도 모른다.

용사를 죽이고자 하는 내가 용사를 지키다니, 얄궂은 이야기였다.

◇

저녁 무렵, 트레이닝룸에 왔다. 지금은 타르트와 모의전을 하고 있었다.

타르트가 가속했다. 신체 능력 강화에 바람에 의한 가속까지 더했다.

나도 똑같은 방법을 썼다. 타르트에게 이 방법을 가르친 사람은 나였다. 내가 못 할 리가 없었다.

서로의 속도는 거의 호각.

하지만 명확한 차이가 생기기 시작했다. 눈의 차이였다. 자신의 움직임조차 만족스럽게 파악하지 못하는 타르트와 완벽하게 보이는 내가 붙으니 승부가 되지 않았다.

30초쯤 지나 결판이 나며 타르트의 창이 손에서 떨어졌다.

"역시 루그 님에게는 전혀 이길 수 없어요……."

"아냐, 괜찮게 발전 중이야. 나는 편법을 쓰고 있으니까."

"그 눈 말인가요……? 부러워요."

"타르트, 이 눈을 갖고 싶어?"

나는 타르트에게 이 눈을 주고 싶지만 타르트는 원하지 않을 수도 있다.

"물론이죠. 그 눈이 있으면 좀 더 루그 님께 힘이 될 수 있고, 무엇보다 루그 님과 같아질 수 있으니까요."

"타르트가 원한다면 주고 싶어. 하지만 만에 하나 실명할 위험이 있어. 그것도 고려해서 판단해 줘."

"고민할 필요는 없어요. 그렇더라도 갖고 싶어요. 루그 님이라면 실패할 리가 없고, 만약 실패하더라도 저는 후회하지 않아요."

"……그렇게 말하니 절대로 실패할 수 없네. 난 타르트의 신뢰를 배신하고 싶지 않아."

실패해도 후회하지 않는다. 그런 타르트이기에 절대로 빛을 뺏고 싶지 않았다.

……그렇지. 에포나를 노리는 암살자를 찾으면 그 녀석으로 성에 찰 때까지 실험하자.

용사 살해를 맡을 정도이니 틀림없이 강력한 마력 보유자다.

어차피 죽일 거, 효과적으로 이용해야 하지 않겠나.

"저기, 루그. 제안이 있는데. 그 눈 수술, 한쪽씩 해서 상태를 보면 되지 않아? 한쪽 수술이 잘 되면 다른 쪽을 하는 거야. 그러면 최악의 경우에도 한쪽 눈만 실명돼."

"좋은 생각이야. 시술할 때는 그렇게 해야겠어."

"루그 님, 언제 시술할까요?"

나를 온전히 믿는 타르트가 눈을 빛내며 물었다.

“그렇게 안달 내지 마. 아마 한 달 뒤야. 나도 준비를 해야 해.”
한 달 정도면 암살자를 붙잡아 연습이 끝나 있을 것이다.
“즐겁게 기다릴게요. ……그런데 제가 그 눈을 받아도 될까요. 투아하데의 극비잖아요.”
“괜찮아. 타르트는 가족이니까. 즉흥적으로 하는 소리가 아니라 아버지에게 허락도 받았어. 내가 책임진다면 상관없다고 하셨어.”
어릴 때부터 줄곧 나를 섬기고 있었다. 타르트는 단순한 하녀가 아니었다.
“가족, 책임, 그 말은 즉, 그런, 흐아아아아.”
타르트가 귀를 새빨갛게 물들이고 고개를 숙였다.
“……일단 말해 두는데, 그런 의미가 아니야. 그리고 책임질 만한 사태는 절대로 피하고 싶어.”
여기서 책임이란 눈을 준 타르트가 배신할 시 죽이라는 의미였다.
“아, 알고 있어요. 제대로 알고 있어요.”
이 아이의 이런 부분은 정말로 귀엽다.
일순 정말로 타르트가 상상한 의미로 가족이 되는 날을 떠올리고 훈훈함을 느끼고 말았다.

◇

학원 수업이 시작되고 일주일쯤 지나자 실전 훈련이 시작됐다.
학원 생활은 순조로웠고, 에포나를 노리는 암살자의 움직임도 아직은 없었다.

오늘 이루어지는 모의전은 학생의 실력에 따라 조를 짰고, 날이 뭉툭한 무기를 쓰지만 마법 사용까지 인정되었다.

타르트가 시합을 끝내고 무대에서 내려왔다.

타르트의 상대는 사용인 학생이 아니라 실력으로 들어온 5석이었으나 수월하게 승리했다.

"어땠나요?"

"훌륭한 창놀림이었어. 다만 몇 가지 실수가 있었던 게 신경 쓰여. 먼저……."

타르트가 진지한 얼굴로 새겨들었다.

이런 고분고분한 태도와 배운 것을 다음에 활용하는 학습 능력이 타르트의 가장 큰 무기였다.

그러고 있으니 S반에서 정통파 검술로 압도적인 재능을 보이는 노이슈와 기사 명문가에서 태어난 핀의 시합이 시작됐다.

학생 전원이 시합에 빠져들었다.

두 사람의 검술은 정통파 검술답게 실로 화려했다.

최종적으로는 노이슈가 이겼지만 누가 이겼어도 이상하지 않은 시합이었다.

그리고 드디어 내 차례가 됐다.

……이번 실전 훈련의 조합은 실력을 고려한 것.

이미 노이슈, 핀, 디아, 타르트까지 모든 상위자의 시합이 끝났다.

그렇다면 남은 사람은 당연히.

"다음, 에포나 리안논. 루그 투아하데."

이렇게 된다.

실제로 용사의 힘을 피부로 느끼며 싸우는 것은 더할 나위 없이 효율적인 정보 수집 방법이다.

살아서 돌아올 수 있다면 말이다.

입학시험 날 에포나와 대전했던 기사단장은 여전히 드러누워 있다는 모양이다.

초일급 회복술사에게 치료를 받는데도 그랬다.

교관이 나를 고른 것도 다른 학생이 시합하면 그렇게 되리라고 생각했기 때문이다. 어떤 의미에서 최대급의 평가였다.

"저기, 루그, 잘 부탁해."

"그러네. 정정당당히 평소 단련한 성과를 보이자."

"으음, 조심할 테니까 망가지지 말아 줘."

"그래, 노력해 볼게."

정말로 싸우게 할 거냐는 뜻을 담아 교관의 얼굴을 보았다.

교관은 그저 고개를 끄덕일 뿐이었다.

"둘 다 준비는 됐겠지?"

"저는 상관없습니다."

"나도 좋아."

날이 뭉툭한 단검을 들었다. 검으로 싸울 생각은 조금도 없었다. 가장 익숙한 움직임이 아니라면 사고를 막을 수 없다.

교관이 손을 들었다.

그와 동시에 눈에 마력을 쏟아부었다.

투아하데의 눈의 힘을 한계까지, 아니, 그 이상으로 높여야 그림자라도 좇을 수 있다.

과도한 강화로 격통이 일었지만 【초회복】으로 억지로 치유하며 그 상태를 유지했다.

"시작!"

그 순간, 에포나가 사라졌다.

일전에 보았던 기사단장과의 싸움이 재현되었다.

하지만 내게는 한계 이상으로 강화한 투아하데의 눈이 있었다.

아슬아슬하게 보였다. 그래서 옆으로 걸음을 옮기며 원래 있던 자리에 단검을 남겼다.

공중에 그저 놓았을 뿐이었다.

단검을 쥐고서 카운터를 노린다면 내 팔이 부서진다.

용사 에포나가 밟은 바닥에 금이 갔고, 남기고 온 단검이 탄환처럼 날아가 관객석에 꽂혔다.

나는 아슬아슬하게 피하는 데 성공했지만 풍압에 밀려 수십 센티미터 날아갔다.

공중에 남긴 단검이 아주 약간이지만 용사 에포나에게 타박상을 입혔다.

이 속도라면 뭔가에 부딪히기만 해도 대미지가 클 텐데 터무니없이 단단했다.

"……피했어. 내 일격을. 역시 루그는 망가지지 않아."

웃고 있었다. 순진무구하게, 진심으로 기쁘다는 듯.

그리고 이쪽을 보았다.

첫 번째 공격은 피했지만 이제부터 어떻게 할까.

목숨을 건 이 실전 연습을 마음껏 즐기기로 하자.

첫 공격을 어떻게든 막고 곁눈질로 교관을 보았다.

역시 방금 그걸로는 손이 올라가지 않나.

이번 모의전은 수업이기도 해서 괜찮은 공격을 한 방 먹이면 그걸로 끝이었다.

하지만 공중에 단검을 놓았을 뿐인 일격으로는 이겼다고 인정할 수 없었던 모양이다.

그걸로 끝났다면 편했을 텐데.

"자, 다음 간다."

에포나가 진심으로 기뻐하며 상기된 얼굴로 팔을 치켜들고 달려들었다.

어지간히 이 싸움이 즐거운 듯했다. 이런 캐릭터라고 생각하지 않았기에 의외였다.

에포나의 무기는 불합리하게 강한 신체 능력이었다.

그것만으로도 내가 축적해 온 모든 것을 압도했다.

하지만 파고들 틈은 있었다.

예비 동작이 큰 탓에 노리는 바가 뻔히 보였고, 몸을 움직이는 방식도 서툴러서 공격 사이

사이에 간격이 생겼다.
무엇보다 에포나의 공격은 너무 정직했다.
일류에 가까워질수록 싸움이 생각대로 되지 않음을 안다.
그래서 상대의 움직임을 보며 페인트를 넣거나 도중에 움직임을 바꿀 수 있게 궁리한다.
하지만 에포나의 움직임은 딱 아마추어의 움직임이었다.
예비 동작이 크고 심지어 공격이 솔직해서 파악하기 정말 쉬웠다.
두세 번 피해 보니 익숙해졌다.
용사의 속도와 버릇을 체감할 수 있는 것은 매우 값진 경험이었고 약점도 보이기 시작했다.
용사의 신체 능력은 규격을 벗어났고 동체 시력도 초인적이다. 그러나 동체 시력만 보자면 투아하데의 눈이 더 뛰어났다.
그 사실을 알게 된 것은 제법 괜찮은 수확이었다.
……사지 멀쩡히 돌아가지 못한다면 수확이고 뭐고 도로 아미타불이지만.
"대단해, 대단해. 왜 안 맞지? 나보다 느린데!"
머리가 지끈거렸다. 심하게 혹사한 뇌가 비명을 지르고 있었다.
너무 잘 보이는 눈과 과하게 높인 집중력, 그 상태에서 무리하게 공격을 피하고 있는지라 한 대도 맞지 않았는데 내 몸은 피폐했다.
치명적인 공격을 피할 때마다 땀이 솟았고 수명이 줄어드는 기분이었다.
정신력이 자꾸만 소모되었다.

【초회복】은 체력과 마력을 회복해 주지만 정신력과 집중력에는 미치지 않았다.

그다지 오래 버티지는 못할 듯했다.

하지만 안달 내지는 않았다. 조급하게 굴어 봤자 사태는 개선되지 않고 오히려 빈틈을 낳는다.

“뭐 해?! 루그도 공격해. 안 그러면 훈련이 안 돼!”

그런 건 알고 있다.

하지만 조금이라도 공격에 자원을 할애하면 회피가 늦어진다.

저 공격력을 완전히 막을 수도 없고, 방어하더라도 부서진다.

그래서 회피 말고는 선택지가 없었다.

하지만 조금만 더 버티면 된다.

눈이 익숙해지기 시작했다. 에포나의 호흡과 버릇이 파악되며 점차 패턴이 보였다.

게다가 짜증 때문인지 에포나의 동작은 점점 커졌다.

“맞아라, 맞아라, 맞아라!”

공격이 맞지 않는다는 초조함에 더 빨리 움직이려고 하면서 쓸데없는 힘이 들어갔다.

가뜩이나 단조로운 움직임이 더 단조로워지며 몇 수 앞까지 보였다.

그리고 그런 상황이 되면 가장 자신 있는 동작에 의지한다.

기사단장을 격침한 일격이 왔다. 그저 파고들어 올려 치는 어퍼컷.

지금까지 그랬던 것처럼 예비 동작으로 움직임을 파악하는 게 아니라 그보다도 진에, 에포나가 공격 모선에 들어삼과 농시에 나는 움직였다.

그건 이미 예측의 영역이었다.

아니, 예측조차 아니었다. 내가 그렇게 만들었다. 버릇과 호흡을 알면 상대의 움직임을 유도할 수 있었다.

이렇게까지 하지 않으면 반격에 나설 시간을 벌 수 없었다.

이런 수법이 통한다는 것이 에포나의 약점이었다.

……어느 정도 역량이 있는 상대에게 이런 짓을 하면 상대는 다른 공격 수단으로 전환해 버릴 것이다.

그러나 에포나에게는 그럴 만한 역량도 냉정함도 없었다.

예비 동작보다 먼저 내가 움직였는데도 에포나는 우직하게 발을 내디디고 주먹을 쳐올렸다.

아슬아슬하게 주먹을 피했다. 그리고 끝까지 쳐올려 경직되는 일순을 노리고서 카운터를 날렸다. 아까는 그저 단검을 놓아두기만 했었지만 이번에는 확실하게 찔렀다.

단검이 부서지는 둔탁한 소리가 난 후, 나는 풍압에 밀려 링 밖으로 날아갔다.

제대로 낙법도 취하지 못해서 지면을 몇 번이나 구른 뒤에야 겨우 멈췄다.

……뭐, 정면으로 카운터를 노리면 이렇게 되지.

찌른 사람이 날아가다니 웃기지도 않는다. 진짜 못 해 먹겠다.

"승자! 루그."

교관은 제대로 보고 있었는지 링 아웃 전의 유효타가 인정되어 승리를 거둘 수는 있었다.

"루그 님, 굉장해요!"

"우와, 믿을 수가 없어. 저 괴물 같은 용사를 이겨 버렸어."

"루그를 높이 사고는 있었지만 훨씬 대단하잖아. 핀, 루그처럼 할 수 있겠어?"

"말 같잖은 소리 마. 카운터를 성공시키기는커녕 피할 자신도 없어. ……루그 투아하데, 터무니없이 좋은 눈과 통찰력을 가졌어. 분하지만 용사는 물론이고 루그에게도 이길 엄두가 전혀 안 나. 그러는 노이슈 너는 어때?"

"나도 동감이야. 그렇기에 갖고 싶어. 내가 너와 루그를 거느리면 뭐든 할 수 있을 거야."

우리의 싸움을 본 클래스메이트들이 흥분해서 떠들었다.

……수중의 패를 감춘 채 어떻게든 이겼다.

투아하데의 눈을 동체 시력 강화에만 썼고, 그건 멀리서 봐서는 알 수 없는 일이다.

일어나려다가 실패했다.

몹시 숨이 찼다. 다리가 후들거리고 온몸에서 땀이 비 오듯 쏟아졌다.

생각보다 더 소모된 모양이다.

체력보다도 정신적인 소모가 컸다.

……이게 실전이었다면 어땠을까 생각하니 오싹했다.

이쪽은 전신 타박상에 팔에 금이 가고 기진맥진한데 에포나는 이마에 살짝 멍이 든 정도였다. 나는 한 대 맞는 건 고사하고 스치기만 해도 끝이지만 저쪽은 카운터를 먹여도 대미지가 제대로 들어가지 않았다.

진짜 싫어진다.

저걸 죽여야 하는 건가.

에포나가 이쪽으로 와서 손을 내밀었다. 그 손을 잡으니 일으켜 세워 줬다.

"루그, 너와 만나서 다행이야. 또 너랑 싸우고 싶어."

그 말을 듣고 배틀 마니아일지도 모른다는 의심이 더 강해졌다.

그래서 나라면 망가지지 않을 것 같다는 살벌한 말을 했던 거다.

"놀랐어. 싸우는 걸 좋아했구나."

"그렇지는 않아. 나는 용사니까, 미레이와 약속했으니까 강해져야 해. 그러려면 많이 훈련해야 하는데 나랑 싸우면 다들 망가져 버려. 강해지고 싶은데 강해질 수 없어."

압도적으로 강하기에 생기는 고민이었다.

에포나와 모의전을 벌이고 무사할 인간은 거의 없다.

"이대로 가면 나보다 강한 마족과 싸울 시 질 거라는 생각이 들어서 줄곧 불안했어. 하지만 루그는 망가지지 않으니까 제대로 훈련할 수 있어. 그리고 나 자신을 유지할 수 있는 훈련도 가능해. 마침내 강해질 수 있어. 있지, 오늘처럼 또 모의전 상대가 돼 주면 안 될까? 내게는 루그밖에 없어!"

에포나의 움직임이 그렇게나 어설픈 것은 제대로 된 훈련이 불가능했기 때문이리라.
실전으로만 익힐 수 있는 기술이 많은데 함께할 상대가 없었다.
싸움을 좋아해서 그런 것이 아니라 용사로서의 사명감과 미레이라는 사람과 한 약속 때문에 그런 말을 했던 모양이다.
만약 이 제안을 받아들인다면 에포나에게 나는 둘도 없는 존재가 되어 깊은 인연을 맺을 수 있다.
하지만 목숨을 건 일이었다.
이런 싸움을 반복하면 나는 망가질 것이다.
그래도…….
"그래, 기꺼이. 나도 얻는 게 있으니까."
목숨을 건 싸움을 통해 나도 강해질 수 있는 것은 틀림없었다.
용사를 속속들이 파헤치면서 나 자신도 강해질 수 있고, 심지어 신뢰를 얻을 수 있다. 그렇다면 목숨을 걸 가치가 있다.
"그럼 선생님께 부탁해서 내 모의전 상대는 전부 루그로 해 달라고 할게!"
"하하하, 그거 영광이네. 하지만 용사와 싸울 기회를 나 혼자 독차지하는 건 치사한 것 같아. 다른 애들도 싸워 보고 싶을 거야."
도움을 구하며 다른 학생들의 얼굴을 봤지만 다들 고개를 돌렸다. ……타르트와 디아마저.
그들도 아는 것이다.
에포나와 모의전을 하면 목숨이 위험하다는 것을.
"다른 애들도 불만 없는 모양이야. 다음번에는 안 질 거야!"

이 순간, 모든 모의전에서 목숨 걸고 싸워야 하는 것이 결정되었다.

……크게 다칠 각오는 해 두자.

하지만 후유증이 남을 만한 상처는 절대 입지 않도록 조심해야겠지.

◇

그날, 수업이 끝나고 에포나가 공부를 가르쳐 달라고 해서 응해 준 뒤, 디아와 타르트를 훈련하고 마침내 방에 돌아오게 되었다.

공부를 가르치면서 에포나가 이전보다 훨씬 마음을 허락했음을 느낄 수 있었다.

역시 모의전 상대가 되어 달라는 제안을 받아들인 것은 정답이었던 모양이다.

방에 돌아와 용사가 말했던 미레이라는 사람을 조사해 달라고 의뢰했다.

암살자로서의 감이 그게 바로 용사의 약점이라고 말하고 있었다. 조사 의뢰를 보낸 뒤에는 타르트를 벗겨서 몸 상태를 체크하고 훈련 메뉴를 짰다.

그러고 있으니 노크 소리가 들렸다.

타르트에게 눈짓하여 옷을 추스르게 했다.

문을 열었다.

금발 미소년이 있었다.

“안녕, 루그. 오늘 진짜 대단했어. 좋은 구경을 시켜 준 답례로 선물을 가져왔지.”

“노이슈인가. 피곤할 걸 알면 그냥 내버려 둬.”

“아하하하, 괜찮겠어? 내 선물은 이게 다가 아니야. 네가 원하는 정보를 가르쳐 주려고 왔는데.”

“에포나 말이야?”

“그래. 에포나 리안논. 그녀에게는 비밀이 있어.”

“……그녀. 역시 여자인가.”

호적상으로는 남자고 이 학원에도 남자로 입학했다.

“말하는 걸 보니 어렴풋이 눈치채고 있었구나.”

“뭐, 그렇지. 옷으로 가리고 있지만 여성의 골격이야. 그리고 네가 에포나를 대하는 태도를 보면 알 수 있어. 나는 같은 눈높이를 가진 친구로서 거리를 좁히려고 했지만 너는 연인으로서 가까워지려고 했어.”

“하하하, 들켰었나. 연애라면 간단할 것 같았거든. 그런 아이는 조금만 상냥하게 굴면 금방 넘어오니까.”

그렇게 말한 노이슈를 타르트가 못마땅한 눈으로 보았다.

타르트는 순정파 같은 구석이 있으니 이런 태도에 저항감이 들 것이다.

“타르트, 그렇게 무서운 눈으로 보지 말아 줘. 딱히 갖고 놀 생각은 없어. 용사를 구워삶으면 내 꿈에 가까워져. 남녀 관계가 되면 끝까지 제대로 챙기고 사랑할 거야. 동기는 불순해도 진심이야.”

"그러신가요."

타르트가 대충 맞장구를 쳤다.

"그리고 그 카드를 밝힌 건 그게 어려워졌기 때문이지?"

"바로 맞췄어. 오늘 있었던 일로 너에게 마음이 기운 모양이니까. ……너처럼 그녀와 싸워도 망가지지 않는다는 걸 증명하면 되겠지만. 안타깝게도 나는 못 해. 그 속도에 대응하다니 믿을 수가 없어."

"아슬아슬했지만 말이지."

"뭐, 그런고로 애인이 되는 건 어려울 것 같아서 네 친구로서 다가가기로 했어. 그렇다면 네가 그녀와 더 깊은 관계가 되는 편이 좋지. ……그래서 본론. 왜 남자로 키워졌는가 하면……."

노이슈의 설명에 귀를 기울였다. 내용은 대강 예상한 대로였다.

귀족의 딸이 남자로 자란 이유는 그 정도밖에 없겠지.

"노이슈, 고마워. 이로써 더 친해질 수 있을 것 같아."

"도움이 됐다니 다행이야. 그럼 난 갈게. 괜한 참견일지도 모르지만, 과도하게 깊이 관여하지 않는 게 좋을 거야."

"알고 있어. 난 너와 달리 애인으로 대할 생각은 없어."

적당한 거리감이 필요할 것이다. 의지하지만 의존하지는 않는 수준으로.

애인으로 대할 생각이 없다고 말하자 타르트가 옆에서 안도했다. 이 아이와 디아가 슬퍼할 만한 일은 하고 싶지 않다는 것도 이유 중 하나였다.

"노이슈, 부탁 하나 할 수 있을까? 내일은 휴일이잖아. 나는 볼일이 있어서 밖에 나갈 거야. 에포나를 지켜봐 줘."

"지켜보란 말이지. 알았어. 그걸 보호할 필요는 전혀 없을 것 같지만 부탁을 들어줄게. ……대신 타르트를 하루 빌려주지 않을래? 데이트하고 싶어."

"그게 조건이라면 부탁 안 해."

즉답했다. 타르트를 그런 형태로 이용할 수는 없다.

"그거 아쉽네. 방금 그건 농담이라고 생각해 줘. 화내지 마. 타르트가 마음에 들어서 데이트하고 싶었던 것뿐이니까. 그럼 너에게 빚을 달아 두는 걸로 해 둘게. 이만 간다."

"미안."

지켜봐 달라는 말만 듣고도 노이슈는 알아차려 줬다.

에포나를 노리는 암살자의 대처에 관해서는 아버지의 지시로 학원 측과 연계하고 있었다.

투아하데와 관련 있는 공작이 이미 사전 교섭을 해 뒀기에 가능한 특례였다.

학원 측에서 노이슈에게도 그 사실을 알린 걸지도 모른다.

"루그 님, 저기, 감사합니다. ……루그 님이 가라고 하셨으면 저는 갔을 거예요. 하지만 그건 너무 싫어서, 거절해 주셔서 너무너무 기뻤어요."

"당연하지. 타르트는 소중한 가족이야."

"……읏. 저, 앞으로 더더욱 루그 님을 위해 힘낼게요!"

타르트가 열띤 눈으로 바라보았다.

그게 겸연쩍어서 얼굴을 돌리고 화제를 바꿨다.

"그러고 보니 디아는 어디 갔지? 훈련 끝나고 나서부터 안 보이는데."

"도서관에서 조사할 게 있다는 모양이에요. 훈련 후에 옷 갈아입고 직행하셨어요."

"하긴, 여기 도서관은 굉장하니까. 뭐, 좋아. 나중에 말해 주면 되겠지. ……타르트에게 부탁이 있어. 내일은 휴일이야. 도시락을 만들어 주지 않을래? 소풍을 가 볼까 하거든."

"앗, 그거 좋네요. 제대로 실력 발휘해서 만들게요."

소풍은 신경을 곤두세운 채 지내고 있는 두 사람에게 숨돌릴 시간을 주기 위한 것이었고 내 새로운 필살기를 시험하기 위한 것이기도 했다.

그리고 에포나를 노리는 암살자를 함정에 빠뜨리려는 목적도 있었다.

소풍 갈 장소는 가도에서 벗어난 곳에 있는 비장의 장소였다.

그곳이라면 마음껏 날뛰어도 문제없을 것이다.

소풍을 나왔다.

타르트는 바구니를 들고 즐겁게 걷고 있었다.

이른 아침부터 기합을 넣어 도시락을 만들어서 벌써부터 먹는 것이 기대되었다.

그와는 대조적으로 디아가 졸린 얼굴로 크게 하품을 했다.

"어제는 늦게까지 애썼구나."

"응, 하지만 겨우 완성했어. 마지막 조각이 도서관에서 빌린 책에 있었거든. ……무지 졸려."

"새로운 마법?"

"맞아. 루그가 부탁했던 거. 지금까지는 더 강력한 마법이나 더 복잡한 마법을 만들었지만 이번에는 속도에 특화된 마법을 고안했어. 한계까지 정보를 압축해서 극한으로 짧게 줄인 술식으로 성립시켰지. 위력은 그저 그렇고 정밀도도 안 좋지만 아무튼 발동이 빨라서 쓰임새가 좋아."

"고마워. 역시 마법은 실전에서 쓰기 어려우니 말이지."

마법에는 영창이 존재한다.

근접전을 벌이며 영창하는 것은 몹시 어렵다.

실전에서는【바람 갑옷】같은 일부 마법 외에는 거의 쓸 수 없었다.

타르트가 애용하는【바람 갑옷】은 말 그대로 움직이는 바람을 갑옷처럼 두르는 마법이라 전투 전에 영창을 끝내면 한동안 그 은혜를 받을 수 있었다.

하지만 대부분의 마법은 그렇지 않았다.

애초에 전위의 보호를 받으며 영창을 완료하는 것이 마법사의 스타일이었다.

……이 어쩔 수 없는 형태를 어떻게든 하고 싶어서 디아와 이것저것 연구하고 있었고 그 성과가 이것이었다.

디아가 만든 식을 해독했다.

극한까지 압축한 술식은 예술적이고 아름답다는 생각조차 들었다.

훌륭한 센스였다. 나는 이런 식을 짤 수 없다.

"좋은 식이야. 내【식을 짜는 자】로 당장 새로운 마법으로 만들어야겠어."

"흐흥, 놀랍게도 세 줄이라고. 우리라면 1초도 안 걸려서 발동할 수 있어."

"그렇지."

고속 영창을 위해 혀를 훈련해서 일반인보다 훨씬 빠르게 영창할 수 있었다.

고작 세 줄인 마법식이라면 1초, 아니, 그 이하로 발동 가능하다.

이거라면 싸우면서 바로바로 쓸 수 있을 것이다.

"불 속성이라 아쉬워요. 저는 쓸 수 없어요."

"타르트는【바람 갑옷】이 있으니까 괜찮잖아."

"그야 전투가 시작되기 전에 작은 목소리로 영창을 시작해서 실전에서도 쓸 수 있지만, 한 번 풀리면 다시 거는 건 절망적인걸요."

그것도 그러네.

【바람 갑옷】은 강력한 마법인 만큼 영창 시간도 길었다.

타르트가 간절한 얼굴로 디아를 보았다.

"알겠어. 바람 술식도 만들어 줄게. 하지만 그 대신 또 케이크 구워 줘. ……타르트가 만든 케이크는 비싼 재료를 쓴 것도 아닌데 묘하게 맛있단 말이지. 우리 집 파티시에보다 기술이 뛰어난 것도 아닌데."

"으음, 애정이 듬뿍 들어가기 때문인가요?"

"왜 나한테 물어봐?"

타르트와 디아가 웃었다.

"그건 그렇고 이 산은 걷기 편하네. 소풍에 안성맞춤이야."

"네, 길이 제법 잘 정비되어 있어요."

"이 주변은 행군에 쓰이거든. 꼼꼼히 관리되고 있어."

사람의 손길이 닿지 않은 산을 오르는 것은 몹시 지치는 일이다.

그런 점에서 이 산은 길이 준비되어 있어서 좋았다.

"슬슬 길을 벗어날 거야. 여기서부터는 이전까지와 달라. 덤불길 너머에 좋은 장소가 있어."

"그래서 하녀복은 안 된다고 하셨군요. 그 옷을 입고 이런 곳에 들어왔다면 여기저기 걸렸을 거예요."

"그러게. 이 옷은 움직이기 편해서 좋아."

세 사람 모두 투아하데의 전투복을 입고 그 위에 로브를 걸치고 있었다.

노출된 부분이 적고 몸에 딱 붙기에 덤불길도 돌파하기 쉬웠다.

로브를 접어 가방에 넣고 전진했다.

내가 선두에 서서 걸리적거리는 나무들을 단검으로 자르며 나아가 목적지에 도착했다.

"우와~ 예쁜 강변이네요. 굉장히 널찍하고. 물소리가 힐링돼요."

"여기라면 마음껏 날뛸 수 있겠어."

"맞아. 그래서 여길 고른 거야. 우선은 배부터 채우자."

"네, 도시락을 꺼낼게요."

타르트가 돗자리를 깔고 바구니를 열었다.

오늘의 도시락 메뉴는 커다란 미트 파이였다.

그걸 자르자 다진 고기가 듬뿍 들어간 미트 소스가 얼굴을 내밀었다. 아주 맛있어 보였다.

◇

식사를 끝냈다. 타르트의 미트 파이는 기대한 대로 맛있었다.

"그러고 보니 루그. 그 아이를 지켜보지 않아도 돼?"

디아가 말하는 사람은 에포나겠지.

이 두 사람에게는 암살자가 에포나를 노리고 있다는 사실을 가르쳐 줬다.

"나랑 벌였던 모의전을 봤잖아. 그걸 죽일 수 있는 사람은 없어. 그리고 노이슈한테 지켜봐 달라고 부탁했어. 뭐, 이건 구실이고. ……일부러 틈을 보인 거야. 잘 풀리면 함정에 걸리겠지."

암살자가 에포나를 노리고 있다는 사실을 알게 된 날부터 나는 조사를 하고 있었다. 흔적과 기척은 있었지만 암살자는 멀찍이서 상황만 엿볼 뿐 행동에 나서지 않았다.

신중한 암살자이기 때문이리라.

하지만 이렇게 틈을 보이면 움직일지도 모른다.

"제대로 생각하고 있다면 됐고."

"물론이지."

디아에게 말한 대로 에포나가 죽을지도 모른다는 걱정은 하지 않았다.

"그럼 시작할까. 디아, 내가 아까 술식을 적었어. 이걸 써 봐."

"응, 해 볼게. 근접전에서 쓸 수 있는 고속 마법…… 봐 줘."

디아가 영창했다.

"【순염(瞬炎)】."

1초도 되지 않아 발동하여 불꽃이 뿜어져 나왔다.

강한 마력을 담은 만큼 초고온이었다.

사람을 태워 죽이는 것 정도는 손쉬우리라.

"응, 그저 불을 뿜을 뿐이야. 수렴하지 않아서 금방 흩어지지만 어짰든 바로바로 쓸 수는 있어. 마력을 담는 만큼 위력이 올라가고."

"그러네, 편리해. 어떤 자세로든 쏠 수 있다는 게 좋아."

예를 들어 검으로 싸우다가 자세가 무너지고 다음 공격을 피할 수 없게 된 상황에 불을 뿜는 방식으로도 쓸 수 있었다.

1초도 안 걸려 발동하는 마법이라니 상대도 예상하지 못할 터.

처음 보는 상대라면 무조건 맞는다.

"좋은 마법을 개발했어."

나도 써 봤는데 매우 쓸모 있었다.

전력으로 마력을 담으면 그럭저럭 괜찮은 화력이 된다.

사정거리가 짧다는 약점은 있지만 허용 범위 내였다.

"방금 그걸 보고 다시금 생각했어요. 저도 이런 마법을 쓰고 싶어요. 이걸 바람으로 치환한 마법이라면 상대를 날려 버리거나, 자세를 바로잡거나, 단숨에 가속하는 등 불보다 쓸모가 있을 거예요."

그 의견에는 동의한다. 바람 갑옷과 용도가 비슷하지만 즉시 발동된다는 것은 큰 이점이었다.

"뭐, 맡겨 줘. 바람으로도 만들게. 나는 쓸 수 없지만 타르트와 루그가 잘 써 주겠지. 아무튼 내 마법 실험은 끝났어. 다음은 루그 차례야."

"그러네. 내 필살기를 보여 줄게. ……나는 줄곧 【두루미 혁낭】을 어떻게 사용할지 생각했고, 결국 무기를 얼마든지 가지고 다닐 수 있다는 점을 활용하기로 했어. 이를테면 내 【총격】. 총을 만들고, 탄환을 넣고, 폭발 마법을 쓰는 방식은 시간이 걸려."

“그렇지. 마법 주머니를 쓴다면 처음부터 총알을 넣은 상태로 가지고 다닐 수 있으니까 발동이 짧아져. 하지만 그러면 너무 수수하잖아.”

“하나라면 그렇겠지. 말했잖아? 얼마든지 가지고 다닐 수 있는 주머니야. 그래서 이런 것도 가능해.”

마법 주머니에 공급하던 마력을 끊었다.

그러자 이공간이 수축하며 내용물이 한꺼번에 튀어나왔다.

그렇게 나온 것은 총이 아니라 전차포였다. 그것도 스무 개나.

크기가 문제 되지 않는다면 더 위력이 높은 포를 넣어야 했고, 수를 늘리면 그만큼 공격력이 올라간다.

포신에는 탄환뿐만 아니라 팔석 조각이 담겨 있었다. 팔석 하나를 통째로 넣으면 포신이 버티지 못한다. 그래서 포신이 버틸 수 있도록 크기를 조정했다.

모든 팔석에 마력을 담아 임계 상태로.

쩌적 소리가 나며 팔석이 터질 조짐을 보였다.

거기에 더해 아까부터 영창한 마법을 완성했다.

“【배치(세트)】.”

자력을 이용한 역장으로 모든 포의 방향을 제어, 공중에 고정된 포 스무 개가 으르렁거리기 시작했다.

익숙한 일이라 디아와 타르트는 내가 따로 충고하지 않아도 귀를 막고 입을 반쯤 벌렸다.

“【일제 포격(풀 파이어)】!”

포 스무 개가 동시에 발사되었다.

단발과는 비교가 되지 않는 위력과 범위였다.

강 건너편이 초토화됐다.

대성공이었다.

……다만 계산 착오가 하나 있었다. 공중에 고정해서 쏠 생각이었는데 반동을 버티지 못하고 포가 전부 후방으로 날아갔다.

뒤에 아군이 있을 때는 위험해서 쓸 수 없겠어.

역시 지면에 고정해서 쏘든 무반동포로 하든 대책은 필수였다.

여하튼 간에.

"이게 【두루미 혁낭】을 이용한 필살기야. 목표를 향해 【포격】을 동시에 몇십 발을 날릴 수 있어. 명명하자면 【일제 포격】이지."

한 발 한 발이 전차포에 필적하는 위력을 가진 일제 포격.

심지어 준비 시간이 거의 없다. 새로운 필살기라고 해도 문제없을 것이다.

"대체 이걸 뭐에다 쓰려고! 드래곤도 여유롭게 잡겠어!"

"적어도 인간에게 쓸 마법은 아닌 것 같아요."

"상대가 용사면 이것도 불안해. 【궁니르】를 퍼붓고 싶지만 그건 전투에서 쓸 수 없어. 아쉬운 대로 이런 걸 만들어 본 거야."

전투 중에 쓸 수 있는 발동 조건으로 위력을 추구한 결과가 이것이었다.

"너무 과해!"

"말했잖아. 이것도 불안해. ……실제로 싸워 봤기에 알 수 있어."

그 정도로 용사는 강하다.

"자, 필살기 연습은 끝났어. 지금부터는 오랜만에 넓은 필드를 이용해서 훈련하자. 이제까지 훈련한 성과를 보여 줘."

"좋아. 내가 얼마나 성장했는지 보여 주겠어."

"저도 계속 강해지고 있어요!"

그 후, 두 사람과 철저히 단련했다.

맛있는 밥을 먹고 오랜만에 넓은 필드에서 훈련하니 평소보다 더 피와 살이 되었다.

디아는 체력을 다 써서 돌아갈 때는 내가 업어야 했다.

"루그 님, 오늘은 정말 즐거웠어요."

"그러게. 밖에 나오는 것도 나쁘지 않아."

오늘은 좋은 휴일이 되었다.

……돌아가면 함정을 체크하자.

암살자가 걸렸다면 훨씬 더 좋겠는데.

제12화 암살자는 암살자를 암살한다

심야, 나는 방을 빠져나왔다.

설치한 함정을 확인하기 위해서였다.

에포나를 암살하려는 자가 있음을 아버지에게 들은 후, 나는 가능한 한 에포나 근처에서 주위를 경계했다.

그러면서 에포나를 노리는 암살자의 기척을 느꼈다.

하지만 암살자는 신중하고 그런대로 실력이 있는 모양이라 좀처럼 꼬리가 잡히지 않았다.

그래서 방침을 바꿨다.

꼬리를 잡을 수 없다면 꼬리를 내밀도록 유도하면 된다.

암살자가 행동에 나서도록 『이 타이밍밖에 없다』고 생각하게 만들었다.

그 준비 단계로 호위처럼 굴었다. 노골적으로 지키는 게 아니라 밀명으로 움직이는 【숨은 호위】처럼 행동했다. 안목이 있는 자라면 호위임을 간파할 수 있는 그런 움직임이었다.

사람이란 신기하게도 남에게 들은 정보나 아무렇게나 굴러다니는 정보는 가짜일지도 모른다고 의심하면서 자신의 능력으로 꿰뚫어 본 정보는 조건 없이 믿는다.

이번에도 그랬다. 내가 노린 대로 상대는 나를 호위라고 여겼다.

그렇게 되면 내가 에포나 곁을 떠나는 타이밍을 노리기 시작한다.

그런 상대에게 자리를 비우는 모습을 보였다.

대신 노이슈를 붙인 것도 함정이었다.

호위 역할을 완전히 내던지면 의심을 사기에 실력 있는 노이슈를 대역으로 뒀다.

하지만 노이슈는 검술 실력이 뛰어나도 암살자의 방식을 모르고 호위로서 행동하는 것도 미숙하다.

노이슈는 반드시 틈을 보일 테고, 그 틈을 노릴 만한 기량을 적이 가졌다고 확신하고 있었다.

짜증 나는 내가 자리를 비우고 대역을 따돌릴 수 있다면 암살자는 『기회는 지금뿐이다』라고 믿는다.

에포나의 방, 그 천장 뒤편에 숨어들었다.

암살할 때 유리한 위치는 그리 많지 않기에 하나하나 없애 나갔다.

암살 실행, 혹은 그 준비를 한다면 어딘가에 반드시 숨어들었을 것이다.

……찾았다. 여기인 모양이다.

함정으로 암살자에게 표식을 새기는 데 성공했다.

"침입해서 노리기는 했지만 수중의 장비로는 무리라고 판단하고 포기했나. ……이렇게 보면 언제든 죽일 수 있을 것 같은데 말이지."

천장 위에서 내려다보니 에포나는 푹 잠들어 있었다.

고작 몇 미터 앞에 내가(암살자가) 있는데도. 경계심이 전혀 없었다.

하지만 여기서 포격을 때려 박은들 생채기조차 낼 수 있을지 의심스러웠다.

【일제 포격】으로도 죽이지는 못한다.

자, 가자. 사냥감이 함정에 걸렸다.

……내일이면 암살자를 확인할 수 있을 것이다.

이튿날은 평범하게 학원에 갔다.

투아하데의 눈을 이용해 길 가는 사람들을 관찰하며 어제 새긴 표식을 찾았다.

암살자의 정체는 십중팔구 교사나 학생이리라.

이 학원은 보안이 훌륭하다. 특히나 학원 밖에서 침입하기는 몹시 어렵다.

귀족 자녀가 이렇게나 북적대며 살고 있으니 필연적으로 그렇게 되었다.

그렇다면 의심할 대상은 내부자다.

"루그 님, 아까부터 주위를 계속 두리번거리시는데 무슨 일인가요?"

"호오, 아는 거야?"

놀랐다. 타르트의 말대로 나는 주위를 관찰하고 있었다.

하지만 경계하고 있음을 주위 사람들이 알아차릴 만한 행동은 하지 않았다.

초점을 맞추지 않고 전체를 보며 뇌에 들어온 화상을 분석하는 수법을 쓰고 있었다.

겉으로 보기에는 평소와 다름없었다.

"왠지 그런 것 같아서요. 분위기가 좀 다르다고 할까."

"그랬구나. 잘했어."

타르트의 머리를 쓰다듬자 타르트가 기뻐하며 웃었다.

암살자에게 고감도 센서는 무엇보다 중요하다. 어떤 사소한 징후든 알아차려야 살아남을 수 있다.

"우으으, 타르트만 칭찬받고 치사해. 나도 노력해야겠어."

"디아는 어제 마법으로 칭찬받았잖아."

"그건 그거고 이건 이거야."

디아가 뾰로통해졌다.

대항 의식을 불태우는 모습이 귀여웠다.

교실에 들어가 안심했다. 아무래도 이 반에 암살자는 없는 듯했다.

다행이다. 친교를 맺은 클래스메이트를 죽이는 일은 피하고 싶었다.

수업이 끝난 후, 볼일을 만들어서 교관의 대기소에 갔다.

거기 있던 교관들도 아니었다.

점심시간에는 평소처럼 안뜰에서 도시락을 먹지 않고 식당으로 향했다.

그러는 편이 많은 학생과 만날 수 있다. 암살자를 찾기 위해 식당에 왔지만, 사정을 모르는 타르트와 디아는 순수하게 식당의 요리를 즐겼다.

"맛있다…… 깜짝 놀랐어요."

"하지만 비싸네."

"좋은 재료를 쓰고 있으니까."

정말로 맛있었다. 늘 타르트가 도시락을 싸 주기에 이곳에는 안 왔지만 가끔은 식당에서 먹는 것도 좋을 듯했다.

재료가 좋았고 정성도 많이 들어갔다. 하지만 비쌌다.

조식, 석식과 달리 중식은 자기 부담이라서 남작가 자식이 내기에는 용기가 필요한 가격이었다.

"재료가 좋을 뿐만 아니라 조리법도 훌륭해요. 이 스튜에 들어간 닭고기! 감칠맛이 스튜에 다 우러났는데도 촉촉하고 맛있다니 마법 같아요."

요리사로서 타르트의 피가 끓고 있었다.

다 먹고 주방에 쳐들어가서 레시피를 가르쳐 달라고 사정할 기세였다.

이런 향상심은 타르트의 미덕이었다.

그런 타르트를 어여삐 여기며 주위를 보았다.

마침내 찾았다.

내가 설치한 함정이란 바로…… 특수한 분말 도료였다. 암살자가 에포나를 죽일 장소, 혹은 사전 준비를 할 모든 장소에 미리 분말 도료를 뿌려 뒀었다.

잿빛을 띤 흰색이고 양이 극히 적어서 보통은 묻었음을 눈치채지 못한다.

하지만 옷에 묻으면 물로는 헹궈지지 않고, 투아하데의 눈으로 분말 도료를 보면 파랗게 빛나 보였다.

"흐응, 저 녀석인가."

A반에 아슬아슬하게 들어간 후작가 남자였다.

……적의 평가를 한 단계 올렸다.

그가 유능하다는 사실은 알고 있었다. S반에 있어도 이상하지 않은 능력을 가지고 있었다.

하지만 그는 눈에 띄지 않게 철저히 프로 정신을 발휘하여 아랫반에 들어갔다.

주위와 거리를 두기 위해 1인실이 주어지는 A반에 숨어든 점에서 빈틈이 없었다.

나는 에포나 근처에서 약점을 찾으려고 일부러 S반에 들어왔지만, 암살자로서의 왕도는 그처럼 눈에 띄지 않게 거리를 두는 것이리라.

다만 미끼를 뿌리자마자 달려든 것을 보면 자제심이 부족했다.

"우우, 역시 루그 님도 식당의 요리가 마음에 드셨나 보네요. 지지 않을 거예요! 더 맛있다고 여기실 만한 요리를 만들겠어요."

내가 슬쩍 미소 짓자 요리가 마음에 들어서 그런 것이라고 타르트가 오해했다.

"루그, 저녁은 맛있는 요리를 먹을 수 있을 것 같아."

"그러게. 이렇게나 기합이 들어가 있으니 말이지."

디아와 둘이서 타르트를 보고 쓰게 웃었다.

모처럼 타르트가 진수성찬을 차려 준다고 하니 암살자 처리는 식후에 해야겠다.

◇

방과 후, 학원장을 포함하여 몇 명을 만나 필요한 조치를 취했다.

학생 한 명이 사라지는 것이니 사전 교섭은 필요했다.

이것저것 이야기를 나눈 결과, 타깃은 엄격한 학원 생활을 견디지 못하고 탈주하여 행방불명되었다는 시나리오가 완성되었다.

이미 펜스 일부를 뜯어내서 도망친 흔적도 만들어 뒀다.

학원장의 영향력하에 있는 경비원이 목격 증언을 해 줄 테고, 혹시 모르니 암살자의 교복을 찢어 섬유를 남겨 둘 예정이었다.

용사는 모든 것보다 우선되기에 이런 협력도 얻을 수 있었다.

심야, 변장하고 A반 기숙사에 숨어들었다.

잔재주는 전혀 부리지 않았다.

다들 잠든 시간에 그저 정면으로 문을 통과해 목적지로 향했다.

소등 시간이 지나서 방 밖에 나와 있는 사람은 아무도 없었다.

기척을 지우고, 소리도 내지 않고, 학원장에 받은 열쇠를 사용해 암살자의 방에 침입.

타깃이 자고 있는 것을 확인하고 단검을 투척했다.

투아하데의 눈으로 상대가 두르고 있는 마력량을 보고서 적절히 마력을 담은 일격이었다.

단검이 이불을 관통하여 깊이 박히며 피가 번졌지만 비명조차 없었다.

즉효성 신경독이 발려 있어서 체내에 독이 들어간 순간 손가락 하나 까딱할 수 없게 된다. 당연히 비명 따위 지를 수도 없다. 자살조차 허락하지 않는다.

암살자가 내 얼굴을 보는 표정에는 곤혹이 담겨 있었다.

에포나의 호위인 내가 이렇게 직접적인 수단을 쓰리라고는 예상하지 못했을 것이다.

조금 허술했다. 너무나도 경계심이 없었다.

"미안. 내 일을 방해하게 둘 수는 없어. 그리고 소용없을지도 모르지만 하나 조언하지. 암살자는 자신이 사냥당하는 측이 되는 것도 늘 상정해 둬야 해. ……뭐, 예전에 나는 실패했지만."

기절시키고, 지혈하고, 피가 밴 시트와 함께 마대에 넣어 짊어졌다.

왔을 때처럼 아무도 없는 복도를 걸었다.

순찰 루트와 타이밍을 숙지하고 있기에 위험성은 없었다.

이번 암살 절차는 지극히 심플했다. 암살 절차는 심플할수록 허점이 적고 성공률이 높아진다. 복잡하게 짜는 것은 그럴 필요가

있을 때뿐이다.

……자, 그럼 그곳에 데려가기로 할까.

이럴 때를 위해 비밀 기지를 준비했다.

아무리 소리를 내도 주위 사람들이 알아차리지 못할 곳이다.

의뢰인이 누구인지, 에포나를 노린 동기는 무엇인지 이 녀석에게서 알아내야 했다.

물론 그걸로 끝이 아니다. 마침내 마력 보유자의 몸이 손에 들어왔다. 투아하데의 눈을 주는 수술을 마음껏 실험할 수 있다.

타르트에게 시술할 것이니 만전을 기해야 했다.

오늘 밤은 바빠지리라. 내일 수업 중에 졸지 않을지 걱정이다.

오늘은 필기시험으로 이해도를 검사받았다.

모든 문제를 빠르게 풀고 생각에 몰두했다.

며칠 전, 암살자를 암살했다.

……알아낸 정보는 별로 많지 않았다.

고문 결과, 이번 흑막은 귀족파의 누군가라는 것을 알았다.

그 결과를 아버지와 학원장에게 전했다.

왕국파가 아니어서 다행이었다.

투아하데는 왕국파였고 같은 편끼리 싸울 수는 없었다.

……왕국파와 귀족파의 싸움도 국가 단위로 보면 충분히 집안싸움이지만.

그리고 에포나를 노린 이유도 알았다.

어떤 의미에서 지극히 마땅한 이유였다.

'그나저나 마침내 수술인가.'

타르트의 수술은 오늘 밤 이루어진다. 연습은 충분히 했고, 내일부터는 휴일이다.

안대를 벗으려면 이틀이 걸리기도 해서 휴일 전야에 하는 편이 좋았다.

"시험 종료. 걷는다."

시험지가 회수되었다.

잠시 후 종소리가 울리며 수업이 끝났음을 알렸다.

평소처럼 타르트와 디아가 달려왔는데 최근 들어 거기에 한 명이 더 늘어나 있었다.

"이번에는 문제를 꽤 풀 수 있었어. 공부 모임 덕분이야."

에포나였다.

이 반에서 학업 방면으로는 치명적으로 뒤처지기도 해서 공부를 가르칠 기회가 많았다.

그런 일을 반복하다 보니 매번 일정을 조정하기도 귀찮아져서 정기적으로 공부 모임을 열기로 했다.

어째선지 그 모임에 노이슈와 핀까지 참가하고 있었다.

"기초가 갖춰지기 시작했구나. 계속 이렇게 가면 반년쯤 뒤에는 우리의 도움이 필요 없어질 거야."

"노력할게. 나도 언제까지 낙오자로 있을 수는 없으니까."

"힘내."

무섭다. 대체 얼마나 빠르게 성장해 나갈까.

뭔가 물어보길 주저하기에 말해 보라고 했다.

"왜 이렇게 잘해 줘? 역시 내가 용사라서?"

눈을 내리뜨고 물었다.

에포나는 다른 사람과의 거리를 잘 재지 못했다. 의존하면서도 자신감이 없기에 『나 따위』라고 생각하고, 그것이 주위 사람들에 대한 불신감으로 바뀌었다.

"그 이유가 없다고 하면 거짓말이겠지. 하지만 그게 다는 아니야. 에포나와 함께 있으면 즐거우니까 이러는 거야. 나는 거짓말이 서툴거든. 싫어하는 녀석과 같이 있으면 저기압이 돼."

"그래? 다행이다. 루그는 내가 용사라서 억지로 어울려 주는 거라는 생각이 들어서 불안했어. ……이렇게 잘해 준 은혜를 언젠가 갚을게!"

내가 말했지만 이런 거짓말을 참 잘도 한다는 생각이 들었다.

하지만 필요한 거짓말이었다. 에포나의 약점을 찾기 위해, 용사를 죽이지 않아도 될 상황을 만들기 위해.

타르트가 시간을 신경 쓰며 안절부절못하기 시작했다.

"슬슬 도서실에 가지 않으면 예약한 자리가 취소될 거예요."

"아, 그건 큰일이네. 도서실은 융통성이 전혀 없고. 1초라도 늦으면 다른 사람한테 자리를 뺏겨 버려."

"뭐, 도서실을 못 쓰면 우리 방을 쓰면 되지만. 기숙사 방은 넓잖아."

""그건 안 돼.""

타르트와 디아가 한목소리로 부정했다.

왜지?

방은 타르트가 깔끔하게 청소하고 있고, 남에게 보여 주지 못할 것은 없다.

직업상 보여 줄 수 없는 것들은 있지만 웬만해서는 찾을 수 없게 숨겨 뒀다.

……우리가 없을 때 누군가가 멋대로 방에 들어올 것을 상정하고

있기 때문이다.

"하하하, 루그는 꽉 잡혀 사는구나. 디아와 타르트, 두 사람에게 잡혀 사는 건 버겁지 않아? 둘 중 한 명을 내게 양보하는 건 어때?"

노이슈가 장난스럽게 물었다.

"그럴 생각은 없어. 두 사람 다 나의 소중한 파트너니까."

그렇게 선언하자 타르트와 디아는 얼굴을 붉혔고 에포나는 장난감을 갖고 싶어 하는 아이 같은 표정으로 「좋겠다」 하고 중얼거렸다.

"아무튼 서두르자. 정말로 위험한 시간이야."

나는 짐을 챙기고 일어났다.

◇

휴일 밤이 되었다.

타르트의 방에서 안대를 쓴 타르트와 마주했다.

투아하데의 눈을 주는 수술은 무사히 끝났고 오늘 드디어 그 성과를 보게 된다.

"긴장된다. 타르트의 눈이 잘 보이면 좋겠는데."

"느낌은 괜찮았지만 만일의 사태가 벌어질 수도 있어. 나도 불안해."

얼마 전에 잡은 암살자를 이용해 연습을 반복하여 만전을 기하고서 임한 시술이었다.

"앗, 루그 님, 디아 님. 드디어 안대를 벗는 거군요."

타르트는 오른쪽 눈을 가린 안대를 손으로 눌렀다.

"안대를 벗기 전에 미리 말해 둘게. 절대로 나를 배려하지 마. 타르트라면 수술이 실패했어도 내가 낙담하지 않도록 보인다고 말할 것 같아."

"……윽, 부정은 못 하겠네요."

타르트는 그런 아이다.

"그런 짓은 절대로 하지 마. 만약 상태가 좋지 않아도 조기에 알면 손을 쓸 수 있어. 하지만 시간이 지나면 지날수록 어쩔 방도가 사라져. 조금이라도 불편하면, 이게 잘못된 건지 아닌지 자신이 없더라도 전부 이야기하겠다고 맹세해 줘."

"네! 그럴게요."

타르트와 마주 보았다.

밝은 색깔의 왼쪽 눈에 내가 비쳤다.

오른쪽 눈을 가린 안대를 천천히 벗겼다.

수술로 인해 조금 어두운 색이 되어 있었다. 투아하데 사람이 수술을 받으면 회색이 되지만, 타르트는 채도가 떨어지는 데 그쳤다.

계속 안대를 쓰고 있던 탓인지 초점이 맞지 않았다.

"루그 님, 되게 뿌옇게 보여요."

"그건 계속 안대를 쓰고 있던 탓이야. 이 빛을 봐 봐."

마력으로 빛을 만들고 그걸 응시하라고 했다.

초점이 맞기 시작했다.

"제대로 보이게 됐어요."

"그럼 다음. 이쪽으로 와 줘."

타르트의 손을 끌고 창가로 이동했다.

창문을 열고 멀리 있는 산을 가리켰다.

"먼저 수술하지 않은 왼쪽 눈으로만 저 산을 봐 봐."

"제대로 보여요."

"그럼 저 산의 꼭대기에 있는 거목의 줄기에서 뻗은 가지가 몇 개인지. 그 가지에는 어떤 생물이 있는지 말해 봐."

"안 보여요. 나뭇가지는커녕 그런 나무가 있는지도 모르겠어요."

그렇겠지. 쌍안경을 쓰지 않는다면 보이지 않을 거리다.

"그럼 다음은 오른쪽 눈으로 봐 봐."

"굉장해요. 정말로 거목이 있어요. 그리고 가지의 수까지 알겠어요. 어렴풋하긴 하지만 이렇게나 잘 보이다니. 열여섯 개. 열여섯 개예요! 하지만 그 위에 있는 작은 동물은 흐릿해서 모르겠어요."

"신체 능력을 강화하는 요령으로 눈에 마력을 담아 봐. 천천히, 천천히 하면 돼."

"아! 더 잘 보여요. 다람쥐, 그리고 처음 보는 새가 세 마리, 으음, 그리고…… 하늘소까지."

몇 킬로미터 떨어진 곳에 있는 벌레까지 보인다.

그게 투아하데의 눈이었다.

"충분해. 다른 이상한 건 뭐 없어?"

"마력으로 강화하고 나서부터 루그 님과 디아 님, 그리고 저도 반짝거리는 빛 알갱이에 감싸여 있는 것처럼 보여요."

"그건 마력이야. 조금 더 마력을 담아 봐. 그러면 이 세계에 가득한 마나까지 보일 테니까.”

“아! 예뻐요. 이게 대기의 마나. 세계의 힘. 우와아아, 정말로, 정말로 멋져요. 세계는 이렇게나 아름다웠군요! 이게 루그 님이 보고 계시는 세계!”

황홀한 얼굴로 치마를 나부끼며 타르트가 빙그르르 돌았다.

“원시와 마력시는 문제없었어. 다음이 중요해. 동체 시력을 확인할게. 타르트, 벽 쪽으로 붙어 줘.”

“이렇게요?”

“그래. 지금부터 공을 던질 테니까 받아. 마력을 더 담도록 해. 꽤 세게 던질 거야.”

암살 도구 중 하나를 꺼냈다.

겉모습은 주먹 크기의 하얀 공이었다.

공에 살짝 장난을 치고서 치켜들었다.

마력으로 신체 능력을 강화한 나를 보고 타르트도 신체 능력을 강화했고 눈에 더욱 힘을 줬다. 투아하데의 눈이 그 진가를 발휘하고 있었다.

그걸 확인하고 나서 공을 던졌다.

마력으로 신체 능력을 강화하고 던진 투구는 시속 200km대 후반에 달했다.

타르트는 그 공을 받았다.

시속 200km대 후반의 공을 받는 것은 대단한 일이지만 타르트라면 투아하데의 눈이 없어도 가능했다.

확인하고 싶은 것은 따로 있었다.

"우와, 축하해 주시는 건가요?! 기뻐요."

"좋아, 합격이야. 타르트에게 가장 주고 싶었던 초속 영역도 보이는 눈이야."

"어? 루그, 타르트, 축하라니 무슨 소리야? 그런 말은 한마디도 안 했잖아!"

디아가 당황했다.

"공에 메시지를 적었어."

"네. 공이 회전하고 있는데도 읽을 수 있었어요."

"굉장하네, 투아하데의 눈. 그런 거 전혀 안 보였어."

디아에게 보이지 않는 것도 당연했다.

시속 200km대 후반이라는 속도도 그렇지만 1초에 100회 넘게 회전했었다.

평범한 눈으로는 그렇게 초고속 회전하는 공에 적힌 메시지를 읽을 수 없다.

"자, 바로 왕도로 가자. 비싸지만 가끔은 좋겠지."

이곳에서 마차로 두 시간쯤 거리에 왕도가 있다.

왕도는 물가가 매우 비싸지만 초일류 상품이 넘쳐 나서 호사를 부리러 가기에는 최고의 장소였다.

"그렇지. 타르트의 수술이 성공한 걸 축하하는 거니까. 화끈하게 가야 해."

"요리 공부를 잔뜩 할 수 있을 것 같아서 기대돼요."

이럴 때 정도는 순수하게 즐겨도 될 텐데.

하지만 이런 타르트가 좋았다.

"오른쪽 눈의 수술이 성공했으니 왼쪽 눈도 수술해야겠네요."

"그래. 혹시 모르니까 며칠 지켜보고. 어차피 내일부터 수업이 있어. 하더라도 다음 휴일 전야에 할 거야. 그리고 이걸 써."

"이 작고 투명한 건 뭔가요?"

"콘택트렌즈라는 도구야. 그걸 끼면 좌우 눈 색깔이 똑같아 보여. 갑자기 눈 색깔이 바뀌면 주위 사람들이 놀라지 않겠어?"

"아, 그렇겠네요. 잘 쓸게요."

"내일부터 할 훈련은 힘들겠지만 열심히 해 줘. 그 눈을 자유자재로 구사하게 되면 이전과는 차원이 다른 강함을 손에 넣을 수 있을 거야."

"그렇게 되면 예전보다 더 루그 님의 힘이 될 수 있겠죠!"

"내가 만들어 준 바람 마법도 더 능숙하게 쓸 수 있겠네. ……나도 비장의 카드를 만들어야겠어. 이 이상 점수 차가 벌어지면 진짜 위험할 것 같아."

이제 막 안대를 벗었으니 오늘은 넘어가지만, 내일부터는 실전 형식의 훈련으로 투아하데의 눈에 익숙해지도록 하자.

너무 잘 보이는 눈은 뇌에 부담을 준다. 익숙해질 때까지 시간이 걸릴 것이다.

"오늘은 사양 말고 마음껏 먹어. 특별 예산을 쓸 거니까."

"흐응, 그럼 아주아주 비싼 술을 주문해야겠다."

“그럼 저는 오로지 먹기 위해 키운 소를 주문해 보고 싶어요. 소문을 듣고 살면서 한 번은 먹어 보고 싶다고 생각했거든요. 일하는 소와는 비교가 되지 않을 만큼 연하고 맛있다고 들었어요.”

디아와 타르트는 이럴 때 사양하는 것이 실례임을 알고 있었다.

오늘은 즐거운 잔치가 될 듯했다.

다만 미행당하지 않도록 조심하는 편이 좋을 것이다. 남작가 자식에 불과한 내가 왕도의 고급 식당에서 호화롭게 즐긴다는 사실이 알려지면 이상한 소문이 난다.

가게도 손님의 프라이버시를 지키는 고급 식당의 개인실을 이용하자.

“옷 갈아입고 집합하자. 좋은 가게에 갈 거니까 그렇게 알아 둬.”

“무르테우에서 루그 님이 사 주신 드레스를 입을게요.”

“루그를 뇌쇄할 만한 드레스가 분명 있었을 텐데.”

두 사람의 드레스가 기대되었다.

서둘러 갈아입고 왕도로 나가자.

오늘 수업은 오전만 하고 끝났다.

다들 아침부터 수업에 집중하지 못하는 것 같았다.

두 달에 한 번, 학생들의 숨통을 틔우기 위해 특별한 이벤트가 마련되는데 그게 오늘이었다.

한층 들떠 보이는 에포나에게 말을 걸었다.

"오늘 뭐 살지 정했어?"

"전혀. 나는 가게 이름 같은 것도 잘 모르니까. 하지만 쇼핑 자체는 무척 기대돼. 용사의 급료를 잔뜩 가져왔어."

금화가 들어 있는 듯한 가죽 주머니를 에포나가 꺼냈다.

"학원 시장은 성대하게 열리는 모양이니 돌아다니다 보면 분명 좋은 물건을 찾을 수 있을 거야."

특별 이벤트란 학원 시장이었다.

학원은 왕도의 북쪽에 있어서 학생이 오락거리를 원한다면 왕도에 갈 수밖에 없었다.

하지만 왕도의 물가는 몹시 비싸다.

선택받은 자만이 살 수 있는 곳이었고 가게에 진열된 물건도 그에 상응했다.

대귀족은 그래도 상관없지만 약소 귀족들은 왕도에서 제대로 즐길 수 없었다.

그래서 준비된 것이 학원 시장이다.

다양한 도시의 인기 가게를 불러 학원 내에서 사흘간 장사하게 했다.

본점과 똑같은 가격이라서 일반인 신청으로 들어온 학생과 하급 귀족도 마음껏 즐길 수 있었다. 심지어 한정품이나 신상품의 선행 판매까지 있었다.

알반 왕국 전체에서, 때로는 타국에서도 인기 점포가 찾아오기에 학생들은 안달복달했다.

"타르트랑 디아는 뭐 사고 싶은 거 있어?"

"저는 특별히 없어서 한 바퀴 돌면서 마음에 드는 게 있으면 사려고요."

"으음, 나도 갖고 싶은 건 없으니까 먼저 돌아갈게."

타르트는 그렇다 쳐도 디아는 이상했다.

디아는 호기심 대장이라 이런 이벤트에는 제일 먼저 달려드는데.

실제로 며칠 전부터 들뜬 모습이었고 지금도 모습이 이상했다.

……그리고 디아가 오늘 아침 소지금을 확인하는 모습을 봤다.

사고 싶은 물건은 아마도 정해져 있다.

그런데 이렇게 말하는 것은 알리고 싶지 않아서겠지.

디아가 뭘 숨기고 있는지는 신경 쓰이지만 내버려 두자.

"재미있는 얘기를 하고 있는 것 같은데. 나도 끼워 줘."

"노이슈인가. 학원 시장에서 뭘 살지 얘기 중이었어. 넌 관심 없지 않아?"

4대 공작가의 후계자.

노이슈는 왕도에서도 마음껏 물건을 살 수 있다.

노이슈가 동료로 점찍은 인물을 회유하기 위해 왕도에 데려가서 같이 논다는 것을 알고 있었다.

"당연히 관심 있지. 돈만으로는 손에 넣을 수 없는 것도 있으니까. 예를 들어 이번에 주목하는 건 오르나야. 듣자 하니 신상품을 한발 먼저 판매한다는 모양이야. 팬으로서 놓칠 수 없지."

"……오르나에 관심 있어?"

"화장은 여성만의 전유물이 아니야. 나도 유액을 잘 쓰고 있어."

피부 보습은 남성도 하는 편이 좋지만 의외의 일면이었다.

노이슈의 말대로 내가 이르그 발로르로서 세운 화장품 브랜드 오르나도 출점한다.

그리고 직접 찾아갈 예정이기도 했다. 마하에게 의뢰했던 추가 조사를 보고받기 위해서다.

"아! 방송이 시작됐어요."

타르트가 말한 대로 방송이 흘러나왔다.

개최 선언.

학원 제일의 회장인 광장으로 전교생이 부리나케 향했다.

필사적인 이유가 있었다. 학원 시장이 열리는 사흘 중 외부에 개방되지 않는 날은 오늘뿐이었다.

휴일인 남은 이틀은 일반객이 들어오게 된다.

그렇게 되면 왕도 등에서 손님이 몰려들어서 사고 싶은 상품을 입수하기 어려워진다.

“우리도 가자. 좋은 물건은 금방 동나니까.”

“네! 저기, 디아 님은 정말로 괜찮으신가요?”

“응, 나는 됐어. 신경 쓰지 말고 가.”

“타르트, 가자. 디아, 뭔가 선물 사 올게.”

우리가 옆에 있으면 디아가 몰래 쇼핑할 수 없다. 마음대로 하게 두자.

그리하여 우리는 학원 시장으로 향했다.

◇

학원 시장은 떠들썩했다.

“꽤 사람이 있네요.”

“전교생에 가까운 학생이 온 데다가 교원을 비롯한 스태프들도 오니까.”

학생은 200명이 채 안 되지만 학원을 지탱하는 모든 사람을 포함하면 그런대로 많은 수가 된다.

요새의 기능을 가진 이상, 그걸 위한 인재도 있었다.

타르트가 맵을 펼쳤다.

가게 배치를 적은 맵을 학생들에게 미리 배부한 상태였다. 가게 이름뿐만 아니라 간단한 설명도 되어 있어서 고마웠다.

"저도 아는 유명한 가게들뿐이라 어디부터 가야 할지 모르겠어요. 그런데 이렇게 유명한 가게들이 왜 굳이 여기까지 온 걸까요?"

"단순히 매상만 보자면 적자도 이런 적자가 없겠지. 출점 조건이 본점과 똑같은 가격으로 파는 거니까. ……인기 가게가 기대하는 건 우리의 장래성과 입소문이야. 이곳에는 귀족 자녀들이 많이 모여 있잖아? 우리에게 팔면 장래 굵직한 단골손님이 될지도 모르고, 귀족들 내에서 입소문이 퍼질 수도 있어."

본점과 똑같은 가격이니 이동에 드는 비용만큼 적자다.

그래도 장래를 보고 출점을 희망하는 곳이 많았다.

또한 나머지 이틀은 왕도에서 오는 손님을 기대할 수 있다.

왕도에서 출점 허가를 받기는 매우 어렵기에 왕도 손님에게 상품을 팔 기회는 귀중했다.

"그런 생각은 전혀 못 했어요. 장사는 어렵네요."

"그렇지. 어려운 세계야."

"으으으, 저한테 장사는 무리인 것 같아요."

일류가 되려면 노력만으로는 부족하고 센스가 필요하다.

내가 말한 그런 것들을 늘 알아차리는 사람이 아니라면 어렵다.

그게 가능하면 어떤 일에서든 장사 아이템을 찾을 수 있다.

"저기, 나도 정말 같이 다녀도 돼?"

"그래, 상관없어. 같은 반 친구고, 다 같이 다니는 편이 즐겁잖아."

"응! 이렇게 다 같이 쇼핑하는 거 처음이야."

디아가 같이 오지 않은 대신 에포나가 함께 왔다.

셋이서 가게를 구경하며 다녔다.

역시 인기 있는 가게들만 모인 만큼 재미있는 물건들뿐이었다.

자세히 보니 각 가게의 스태프들이 다른 가게를 들여다보고 있었다.

이것도 가게 측의 이점이리라.

인기 있는 가게들끼리 서로서로 배울 수 있다.

우리는 노점에서 산 투명한 껍질을 감은 희한한 찐빵으로 배를 채우며 구경 다녔고 마음에 드는 물건이 있으면 샀다.

구경하며 돌아다니기만 해도 즐거웠다.

어떤 가게 앞에서 타르트의 눈빛이 바뀌었다.

"굉장해요. 예쁜 연분홍색 천이에요. 어떻게 이런 색깔로 물들인 걸까요? 이쪽은 하늘색이에요!"

"이 색깔, 미레이의."

타르트가 보고 있는 곳은 옷 가게였다.

옷뿐만 아니라 재료도 팔고 있었다.

"확실히 이렇게 훌륭한 색깔은 좀처럼 보기 힘들어."

연분홍색과 하늘색으로 염색되어 있었다.

이 가게의 간판 상품이었다. 천 자체의 질도 좋지만 이 빛깔을 낼 수 있기에 이름을 떨치며 인기 있는 가게가 되었다.

원래 연분홍색과 하늘색 염료는 어떤 시골 영지에서 조금씩 만들던 특산품이었는데 이 상점이 눈여겨보고 독점 계약을 맺으며 대대적으로 팔기 시작했다.

"멋진 천인데 저렴해요! 선물로 드리면 에스리 님도 분명 좋아하실 거예요."

어머니는 옷 만들기가 취미였다. 이렇게 질 좋은 천이라면 기뻐할 것이다.

"선물로 보낼 천은 내가 살게. 타르트는 본인이 갖고 싶은 것만 사도 돼."

"하지만 저 신세도 많이 지고 있고."

"나도 어머니에게 효도하고 싶어서 그래. 그렇지, 그럼 타르트가 골라 줘. 돈은 내가 낼게. 둘이서 보내는 선물로 하자."

"그건 너무 죄송한데."

"죄송할 게 뭐 있어. 어머니의 취향은 이제 나보다 타르트가 더 잘 알아. 물건 선정은 맡길 수밖에 없어. 적어도 돈은 내게 해 줘."

"그럼, 저, 부탁드릴게요!"

타르트가 진지한 표정으로 천을 음미하기 시작했다.

어머니의 취향을 필사적으로 생각하고 있었다. 시간이 걸릴 듯했다.

문득 에포나 쪽을 보았다.

에포나는 천이 아니라 옷을 보고 있었다.

어딘가 서글픈 기색으로, 뭔가를 그리워하는 듯한 눈으로.

……자신은 여자라고 에포나가 비밀을 밝혔다면 선물해도 좋았겠지만 그녀는 남자 행세를 하고 있었다.

남자에게 여성복을 선물하면 변태다.

"루그 님, 정했어요. 이 신기한 연분홍색 천으로 할래요."

타르트의 목소리를 듣고 의식이 돌아왔다. 벚꽃색 천이었다. 벚꽃을 몰라서 신기한 분홍색이라고 하는 거겠지.

"촉감도 좋고, 어머니가 기뻐할 만한 색이야. 그리고 타르트에게도 잘 어울리겠어."

"그건 딱히 상관없어요."

"상관있어. 어차피 어머니가 만든 옷은 타르트가 입을 테니까."

"드, 듣고 보니 그러네요."

어머니는 타르트를 좋아해서 옷 입히기 인형으로 삼고 있었다.

"에포나."

에포나를 불렀지만 대답이 없었다.

줄곧 하늘색 원피스를 바라보고 있었다.

예사롭지 않은 모습이었다.

"에포나!"

"앗, 네."

목소리를 키우자 겨우 반응했다.

"우리는 다른 가게를 보러 갈 건데, 신경 쓰이는 옷이 있으면 여기서 헤어질까?"

"응, 그럴게. 미안."

"아냐, 괜찮아."

에포나는 남자로 키워졌다.

그렇기에 사랑스러운 여성복에 관심이 있는 걸지도 모른다.

그렇다면 우리가 없는 편이 낫다.

우리가 있으면 여성복을 살 수 없을 테니까.

◇

세 시간쯤 들여 타르트와 학원 시장을 얼추 다 돌아보았다.

"짐이 상당하네."

"잔뜩 사 버렸어요. 하지만 무척 만족스러워요."

타르트가 행복한 얼굴로 커다란 자루를 끌어안았다.

사실 타르트는 은근히 부자다.

투아하데에 온 뒤로 줄곧 전속 하녀로서 급료를 주고 있었고, 투아하데에서는 생활비가 거의 들지 않았다.

"타르트, 미안한데 먼저 돌아갈래?"

"마하를 만나고 오시려는 거군요."

"아니, 그저 조사 결과를 받으러 가는 거야. 마하도 바쁘니까 굳이 본인이 여기까지 오진 않았을 거야."

무르테우에서 여기까지 왕복으로만 며칠이 걸린다. 오르나 대표 대리인 마하는 다망했고 그녀의 시간은 귀중했다.

"아뇨, 분명 와 있을 거예요. 루그 님과 만날 기회를 마하가 놓칠

리가 없어요!"

타르트가 강하게 단언했다.

그랬으면 좋겠다고 생각하고 말았다.

"그럼 타르트도 같이 가는 편이 좋으려나."

"그건 사양할게요. 분명 마하는 단둘이 만나고 싶을 거예요. 저는 늘 루그 님과 함께 있을 수 있지만 마하는 그렇지 않아요. 이럴 때 정도는 마하에게 양보해야죠. 안 그러면 가여워요."

"그런 건가?"

"그런 거예요."

마하는 절친인 타르트와 만나고 싶어 할 것 같지만, 타르트가 그렇게 말한다면 그런 거겠지.

◇

타르트와 헤어지고 오르나의 출점 점포로 향했다.

첫날인데도 이미 장사진을 이루고 있었다.

학원 관계자들만 있는데도 이 모양이었다. 내일과 모레는 어떻게 될까. 내가 세운 오르나의 인기를 새삼 실감했다.

자, 그럼 어쩔까.

가게에 들어가서 화장품 시험 사용을 구실로 안쪽으로 안내받으려고 했는데 이렇게 줄이 길어서야 그건 어렵다.

반가운 기척이 뒤에서 난다 싶더니 그 인물이 팔짱을 껴 왔다.

"멋진 오빠, 나랑 데이트 안 할래?"

소녀는 그렇게 말하며 시선만 올려서 쳐다보았다.

모자로 파란 생머리를 숨기고 화장 분위기를 바꿨다.

옷도 평소 입는 말쑥한 차림이 아니라 어딘가 사랑스러운 옷이었다.

하지만 그녀를 못 알아볼 리가 없었다.

동료이자 가족이니까.

"좋지. 괜찮은 찻집이 있어. 거기서 달콤한 거라도 먹는 건 어때?"

"근사한 생각이네. 가자."

"그래, 마하."

소녀…… 마하는 생긋 웃었다.

타르트의 예상은 옳았다.

마하는 오로지 나를 만나기 위해 상당히 무리해서 여기까지 와 준 모양이다.

변장은 서프라이즈였고 실용적인 의미도 있었다.

마하는 오르나 대표로 얼굴을 내미는 일이 많아서 유명인이었고 아는 귀족도 많았다.

모습을 보이면 소동이 벌어질 것이다.

◇

둘이서 찻집에 들어갔다.

줄이 없어진 참이라서 운 좋게 바로 들어갈 수 있었다.

이곳의 명물은 양질의 허브티와 특제 디저트였다.

동쪽 대도시에 있는 유명한 가게라 흥미가 있었다. 그리고 학원 시설을 빌려 쓰고 있는지라 완전한 개인실이 있어서 이야기하기 쉬웠다.

"……마하, 정말로 이걸 주문할 거야?"

"응. 의심받지 않도록 커플 흉내를 내고 있는걸. 그럴듯한 메뉴를 주문해야지."

마하가 즐겁게 미소 지었다.

음료는 둘 다 간판 메뉴인 뜨거운 허브티.

거기에 특대 파르페를 주문했다.

울트라 빅 러브러브 파르페. 주문하는 데 용기가 필요한 종류였다.

우선 차가 나왔다.

"향 좋다."

"그러게. 마음이 편해져. 왜 인기 있는지 알겠어."

"……하지만 우리가 다루는 차가 한 수 위야. 이 가게가 잘된다면 우리는 더 번창할 수도 있을 것 같아. 찻잎을 파는 데서 그치지 않고 찻집도 운영하는 편이 좋으려나?"

우리가 다루는 차란 마하가 개척한 해외 루트로 들여오는 찻잎이었다.

그걸 내가 전생의 기술을 활용하여 궁리한 방식으로 끓였다.

현지 방식으로 마시는 것보다도 훨씬 향이 좋고 맛이 맑았다.

질 좋은 찻잎은 오르나의 타깃인 부유층 여성에게 호소력이 있는 상품이라서 새로운 히트 상품이 되리라고 기대하고 있었다.

"찻집을 여는 건 재미있겠지. 하지만 일손이 들어. 찻집은 이전까지와 방식이 달라서 더듬더듬 모색해 나가야 해. 맡길 만한 녀석이 없어."

"있어. 루그 오빠가 투아하데에 돌아간 뒤로 유망한 아이를 몇 명 키우고 있거든. 그 아이들한테라면 찻집을 맡길 수 있어."

"혹시 그 아이들인가."

"맞아…… 고마워. 루그 오빠가 『사사로운 감정에 얽매이지 말라고는 안 해. 하지만 사사로운 욕심을 채울 거면 성과를 내』라고 말해 줬잖아. 그래서 그 아이들을 데려올 수 있었어. 먼저 사사로운 욕심을 채웠으니 앞으로 성과를 보일 거야."

그 아이들이란 마하가 길거리에서 생활할 때 함께 장사했던 고아들이었다.

보조금을 노린 고아 사냥으로 뿔뿔이 흩어진 그들을 마하가 모았다.

훌륭한 전력이 될 거라고 마하가 제안했기 때문이다.

거둔 뒤로는 발로르 상회의 계열 점포에서 일하게 하여 수행시켰다.

반신반의였지만, 맡긴 지부에서 올라온 평가는 매우 좋았다. 수행처에서 대활약하여 이적금을 낼 테니 계속 데리고 있으면 안 되냐고 하는 점포도 여럿 있었다.

마하와 함께 어릴 때부터 살기 위해 필사적으로 머리를 쓰며, 어린 고아라는 크나큰 핸디캡을 지고서 장사했다. 그런 그들은 참을성과 흡수력이 뛰어났고 깐깐하며 발상력이 풍부했다.

결과적으로 오르나는 아주 좋은 인재를 발굴해 냈다.

이 정도 인재는 보통 모이지 않는다.

마하는 옛 동료를 구한다는 욕심과 오르나에 이익을 가져온다는 성과를 훌륭하게 양립시켰다.

“내가 그렇게 말할 수 있었던 건 마하라면 가능하다고 믿었기 때문이야. 감사 인사는 필요 없어.”

“그렇게 말하니 더 열심히 해야겠네. 오르나를 더 크게 키울 거야.”

정말로 믿음직스러웠다.

마하가 있기에 나는 안심하고 루그 투아하데의 삶에 전념할 수 있었다.

그리고 마침내 파르페가 나왔다.

커플이 먹을 것을 전제로 한 특대 파르페.

울트라 빅 러브러브 파르페라는, 이름을 꺼내는 것조차 용기가 필요한 괴물이.

“……이거, 둘이서 먹기에도 너무 많지 않아?”

“괜찮아. 나 단 음식 좋아하거든.”

파르페는 물컵이 아니라 맥주잔에, 그것도 대형 잔에 담겨 있었다.

비싼 유리잔이라 안이 보였다.

스펀지케이크, 딸기 젤리, 스펀지케이크, 딸기 크림, 스펀지케이크, 딸기 잼. 이런 식으로 스펀지케이크와 딸기를 사용한 다양한 식품이 번갈아 포개졌고, 정점에는 휘핑크림과 잘린 딸기가 수북했다.

심지어 군데군데 빨간 하트 모양 설탕 과자가 박혀 있었다.

……보기만 해도 속이 쓰렸다.

스푼 두 개가 꽂혀 있었는데 굉장히 길었다.

"이 스푼, 이렇게 길면 먹기 힘들잖아. 무슨 생각으로 만든 거지?"

"그건 이렇게 쓰라고 만든 거야."

마하가 씩 웃더니 크림을 듬뿍 떠서 내 입가로 가져왔다.

"그렇군. 상대의 입가에 대기 편한 길이. 커플 전용 스푼인가."

"그런 거지. 빨리 먹어 주지 않을래? 나도 먹고 싶어."

"상당히 부끄러운데."

"……너무해. 여기 오려고 며칠이나 밤새워서 시간을 만들었는데. 그런데 루그 오빠는 내 부탁 하나 들어주지 않는구나."

노골적으로 우는 척을 했다.

하지만 나를 만나기 위해 무리한 것은 사실이었다. 그래서 함부로 대할 수 없었다.

여기가 개인실이라 다행이다. ……오픈석이었다면 창피해서 못 했을 것이다.

먹어 보았다.

가벼운 휘핑이었다. 부드러웠고 심하게 달지 않았다. 그러면서 크림의 풍미는 확실히 있었다.

이거라면 이 수북한 파르페도 다 먹을 수 있을지도 모른다.

"다음은 루그 오빠 차례야."

"나도 하는 거야?"

"……부탁한 정보를 모으느라 엄청나게 고생했어. 조금쯤은 노고를 치하해 줘도 되지 않아?"

마하가 손가락으로 입술을 덧그렸다. 그 동작이 무척 선정적으로 보였다.

나는 쓴웃음을 짓고 스푼으로 파르페를 떠서 마하의 입가로 가져갔다.

마하는 그걸 맛있게 먹었다.

……이거, 상상 이상으로 쑥스럽네.

"맛있어. 차는 이길 자신이 있지만 디저트 쪽은 꽤 연구해야 이길 수 있겠어."

"이 상황에서 장사 쪽으로 머리가 돌아가다니 존경스러워. 나는 부끄러워서 미칠 것 같아."

"나도 태연하진 않아. 안 태연하니까 더 그러는 거야. 자, 다음은 딸기 잼이랑 스펀지케이크 층. 쭉쭉 가자. 차례차례 새로운 맛을 파내는 거 설렌다. 맛이 달라지니까 이 많은 양도 질리지 않는 거구나. 공부가 돼."

마하에게 또 받아먹었다.

이렇게 된 이상 나도 모르겠다. 나도 마하에게 먹여 줬다.

파르페도, 서로 먹여 주는 것도 마지막까지 만끽하자.

◇

그 후 30분쯤 걸려서 어떻게든 파르페를 공략했다.

지쳤다. 정신적으로도 육체적으로도.

"상당한 양이었어."

"응. 꽤 아슬아슬했어……. 임팩트는 중요하지만, 우리 가게에서 내놓을 때는 양을 좀 줄여야겠어."

마하는 힘들어 보였다.

원래부터 마하는 그다지 많이 먹는 편이 아니었다.

"……그럼 보수도 받았으니 일할까."

"그래, 부탁해. 준비는 됐어."

탐사 마법으로 주위를 조사하여 감시가 없는지 확인하고, 동시에 바람 우리를 만들어 소리가 새어 나가지 않도록 했다.

이 상태라면 기밀 사항도 이야기할 수 있다.

"우선은 에포나 리안논에 관한 상세 자료야. 고생했지만, 기사단 쪽에서 재미있는 정보가 나왔어. ……약속과 트라우마 사이의 딜레마. 그게 가장 큰 결점이야."

마하에게 받은 자료를 빠르게 훑어보았다.

에포나에 대한 몇 가지 가설이 뒷받침되었다.

모의전 때 모습을 보고 단순한 배틀 마니아인가 싶었는데 틀린 생각이었다.

그렇게 단순하지 않은 강박 관념이 에포나를 움직이고 있었다.

"이렇게 많은 정보를 용케 모았네."

"꼼꼼히 조사해 달라고 해서 꼼꼼히 조사했을 뿐이야."

간단히 말하지만 쉬운 일은 아니었다.

이번 정보는 용사의 오점이 될 수 있는 것이라서 철저하게 입막음이 이루어졌을 터다.

"그리고 이건 덤. 이 정보가 그녀의 마음을 여는 계기가 될 거야."

"이 정보와 에포나의 성격을 생각하면 분명 지금쯤 거기 있겠지."

"그렇겠지. 그러니까 가. 루그 오빠."

추가로 받은 자료에는 에포나가 가진 트라우마의 원인이 된 인물의 정보가 있었다.

이 정보는 진정한 의미에서 에포나의 마음을 열기 위한 최강의 무기였다.

이 자료를 읽고 내가 했던 또 다른 착각을 깨달았다.

아까 옷 가게에서 에포나가 원피스를 보고 있었던 것은 지금까지 예쁘게 꾸민 적이 없었던 것에 대한 반동이 아니었다. 에포나는 추억하고 있었던 것이다.

그 가게는 어떤 지방 영지의 특산품이었던 하늘색과 벚꽃색 염료로 일약 인기 있는 가게가 되었다. 그리고 그 지방 영지는 이 사람의…….

"가도 돼?"

"응. 이만큼이나 데이트에 어울려 줬잖아. 이제 충분해. ……아니, 거짓말이야. 사실은 더 같이 있고 싶어. 하지만 나랑 타르트는 루그 오빠를 위해 살고 있어. 그러니까 가."

"……미안해, 아니, 고마워."

"천만에. 오늘 여기 오길 잘했어. 루그 오빠와 타르트는 이런 곳에서 생활하고 있구나. 학생들이 잔뜩 있고 다들 반짝거려."

"마하도 오고 싶었어?"

이 학원은 알반 왕국의 마력 보유자이고 열네 살이라면 입학할 수 있다.

마하에게는 그 자격이 있었다.

"그랬지. 타르트가 부러워. 학생으로 지내는 게 궁금하지만, 그보다도 루그 오빠와 줄곧 함께 있을 수 있는 게 훨씬 더 부러워……. 하지만 오고 싶다는 마음보다 무르테우에서 오빠의 힘이 될 수 있다는 기쁨이 더 커. 오고 싶었지만, 부럽지만, 지금이 더 좋아. 후회는 안 해. 그게 내 대답이야."

마하가 미소 지었다.

평소와 같은 아름다운 미소였다.

"……고마워. 다음에 뭔가 답례할게."

"응. 오늘 정도의 투정은 받아 준다는 걸 알았으니 다음번에는 더 대단한 걸 부탁해 볼 거야. 그보다 정말로 시간이 없어. 서둘러."

"그래, 또 보자."

"또 봐. 루그 오빠."

나는 마하를 두고 가게를 나섰다.

에포나 곁으로 가기 위해.

◇

마하가 조사해 준 자료에는 에포나의 마음을 옭아매는 사건과 그 사건의 중심인물이 적혀 있었다. 그리고 그 인물은 학원 도시에 잠들어 있었다.

그래서 어떤 것을 구입하여 공동묘지로 갔다.

왕도 소속 기사들의 공동묘지는 학원 도시에 마련되어 있었다.

왕도에 묘지는 어울리지 않는다고 일부 귀족이 반발하여 왕도와 가까운 학원 도시에 마련된 것이다.

묘 앞에 다양한 추모물이 놓여 있었다.

에포나는 거기서 기도 중이었다.

아까 옷 가게에서 줄곧 보고 있었던 하늘색 원피스를 두고서.

에포나 곁으로 가 꽃다발을 두고 합장했다.

에포나가 나를 보고 꽃다발을 보더니 깜짝 놀랐다.

일부러 그것을 눈치채지 못한 척했다. 웅크려 앉아 이 나라 특유의 묵도를 올리고서 일어났다.

"너도 여기 왔구나."

"응, 이런 우연도 다 있네. 누군가 아는 사람이 잠들어 있는 거야?"

"어. 친하게 지냈던 여성이 기사단에 있었거든. ……그녀가 좋아했던 꽃을 발견해서 오고 싶어졌어."

"굉장한 우연이다. 나도 그래. 하늘색 원피스를 발견해서. 그 사람, 고향의 색을, 하늘색 원피스를 정말 좋아해서, 언젠가 나한테도 입히고 싶다고 했었어. 아! 아니야, 나한테 여장 취미가 있는 게 아니라."

그랬다. 이 하늘색 염료는 이 무덤 밑에 잠들어 있는 에포나의 소중한 사람의 고향에서 만들어진 것이었다.

그렇기에 에포나는 옷 가게에서 하늘색 원피스를 발견하고 모습이 이상해졌다.

"하하, 별난 사람이네. 내가 아는 사람도 하늘색을 좋아했어. 특히 프라우라 꽃을 아주 좋아했지. 고향의 빛깔과 똑같다고 늘 말했어."

"그 표현, 프라우라 꽃…… 혹시 그 사람, 미레이야?"

"맞아. 너도 알아?"

놀란 연기를 했다.

지금까지 한 말은 모조리 거짓말이었다.

나는 마하가 모은 자료로만 미레이를 알았다.

에포나의 마음을 열기 위해 이용하고 있을 뿐이었다.

"내가 여기 있는 것도 미레이의 묘를 찾아온 거야. 그랬구나. 루그가 미레이의 친구였을 줄은 몰랐어. 이런 일도 있구나. ……그럼 말해야겠네. 루그가 미레이의 친구라면 사과해야 해. 내가 미레이를 죽였어."

에포나가 눈물을 머금으며 머리를 숙였다.

"죽였다고? 무슨 뜻인지 말해 줄래? 나는 미레이가 마물과 싸우다가 목숨을 잃었다고 들었어."

분노와 의심을 담은 표정을 꾸며 에포나를 바라보았다.

"그건 틀렸어. ……나는, 용사가 되기 전에는 마력이 없는 무능한 녀석이었어. 팔푼이라는 소리를 들었고, 아무것도 못 했고, 누구에게도 필요하지 않은 사람이었어. 하지만 마물 무리가 우리 영지를 습격했을 때 힘이 샘솟았고, 정신 차리고 보니 마물을 전부 죽인 뒤였어. 그러고 나서 기사단이 왔는데 그때 제일 먼저 달려온 사람이 미레이야. 내가 용사라면서 왕도로 데려가 줬어."

그 사건은 자료 속에 있었다.

"왕도에서 용사라고 정식으로 인정받고. 미레이가 그대로 교육 담당이 됐어. 무척 다정하고 예쁜 사람이었고, 아무것도 모르는 내게 많은 걸 가르쳐 줬어. 소중히 여겨 줬어. 칭찬해 줬어. 나는 미레이를 친누나처럼 생각했어."

그렇게 말하고 에포나는 주먹을 움켜쥐었다.

"잘 되어 갔어. 나는 강해졌고 똑똑해졌어. 마물이 나타나면 토벌하러 갔고, 해치울 때마다 칭찬받았어. ……아무것도 못 하는 쓸모없던 내가 대활약했어. 모두에게 필요한 존재가 돼서 기분 좋았어. 신났어."

말과는 대조적으로 점점 표정이 일그러졌다.

짙은 슬픔과 후회가 에포나 속에서 흘러넘치기 시작했다.

"우쭐해져 있었어. ……그러던 어느 날, 그 사건이 일어났어. 전에 없이 큰 규모로 마물이 습격했어. 수가 많을 뿐만 아니라 강했어.

기사단 사람들과 필사적으로 싸웠어. 필사적으로 싸우다 보니 점점 뜨거워져서, 가슴속에서 이상한 게 북받쳐서, 눈앞이 새빨개졌고, 나는 내가 아니게 됐어. 힘을 휘두르는 게 참을 수 없이 즐거워서 새빨간 상태로 날뛰었고, 정신 차리고 보니 마물이 전부 사라져 있었어!"

용사 에포나의 가장 눈부신 공적이 이 싸움이었다.

모든 기사단을 투입해도 괴멸될 뿐인 마물 대군을『아주 작은』희생만으로 격퇴했다.

"제정신으로 돌아오고 알아차렸어. 사라진 건 마물뿐만이 아니었어. 함께 싸우던 기사단들도 없었어. 새빨개진 나는 아무 생각 없이 힘을 휘둘렀고 거기에 모두가, 미레이가 말려든 거야. 모두를 찾아다녔어. 그리고 미레이를 발견했어. 미레이는 피투성이였고 차가웠어. 그 모습을 본 순간, 미레이를 때렸던 감촉이 손에 되살아났어. 내가 그런 거야. 마물을 손으로 뿌리쳤을 때, 미레이도 말려든 거야. 그 감촉만이 확실하게 남았어! 아직 살아 있었기에 살리려고 했어. 하지만 소용없었어!"

그건 통곡이었고 참회였다.

일반인이었던 에포나에게 강대한 힘이 주어진 것이 불행이었다.

제어할 수 없는 폭탄을 짊어지고 그 사실을 알아차리지도 못했다.

"미레이는 마지막으로 말을 남겼어. 루그, 뭐라고 했을 것 같아? 죽기 싫다는 말? 나에 대한 원망? 미련?"

"전부 아니겠지. 내가 아는 미레이라면 그런 말 안 해."

"하하하, 맞아. 미레이는 말했어. 마물을 쓰러뜨려 줘서 고맙다고, 많은 사람을 구한 거라고. 그리고 자기 몫까지 알반 왕국을 지켜 달라고 했어."

굵은 눈물방울이 에포나의 뺨을 타고 흘렀다.

"……무서워. 나는 진심으로 싸울수록 새빨개져. 그때처럼 아슬아슬한 싸움이 되면 또 아무것도 보이지 않게 돼서 누군가를 죽일 거야. 싸우기 싫어. ……하지만 도망칠 수 없어. 왜냐하면 미레이가 자기 몫까지 알반 왕국을 지켜 달라고 했으니까. 미레이를 죽인 내가 그 약속을 깰 수는 없어!!"

그것이 용사 에포나의 약점. 약속과 트라우마 사이의 딜레마.

에포나는 전장에 나가는 것을 무서워한다. 최강이기에 자신의 죽음이나 상처는 두려워하지 않는다. 에포나가 무서워하는 것은 소중한 사람을 자기 손으로 죽이고 마는 것이다.

언니처럼 따랐던 인간을 죽여 버렸기에 엄청난 트라우마가 되었다.

하지만 동시에 미레이는 에포나에게 기도와 저주를 남겼다.

자기 몫까지 왕국을 지켜 달라고 했기에 에포나는 트라우마가 있어도 싸울 수밖에 없었다.

어쩌면 미레이라는 여성은 전부 알고서 말했을지도 모른다.

이대로 가면 자신을 죽인 트라우마 때문에 용사가 싸우지 못하게 된다. 그걸 막기 위해 마지막 힘을 쥐어짜 에포나를 전장에 잡아 뒀다.

미레이는 뼛속까지 기사였다. 『나라를 지킨다』는 의무를 마지막까지 다했다.

최후의 1초까지 기사였던 미레이가 존경스러웠다.

"미레이를 죽인 나를 경멸해? 아니면 나랑 같이 있으면 죽을지도 모른다고 무서워졌어?"

"아니, 경멸하지 않아. 너는 미레이와 한 약속을 지키려 하고 있어. 싸우는 게 괴로운데도 도망치지 않았어. ……내가 망가지지 않는다면서 기뻐했던 이유를 이제야 알겠어. 두 번 다시 동료를 미레이처럼 만들지 않기 위해서지?"

또 새빨개져서 자기 자신을 잊어버리지 않도록 훈련할 상대가 필요했다.

그래서 간단히 망가지지 않을 상대를 찾았다. 새빨개지지 않는 선에서 힘을 휘두르는 경험을 쌓기 위해.

그렇게 찾은 사람이 나다.

"응, 루그에게는 무척 감사하고 있어. 나는 내 힘에 휘둘리지 않을 만큼 강해지고 싶어. 더는 소중한 사람을 망가뜨리기 싫어. 또 망가뜨린다면 아마 나는 구제 불능이 될 거야. 하지만 이제 협력해주지 않겠지. 루그의 친구를 내가 죽였으니까."

이것이 에포나가 가슴속에 감췄던 본심.

미레이라는 열쇠가 없었다면 보여 주지 않았을 민낯이었다.

그래서 나는…….

"나는 미레이의 친구로서 네게 협력하겠어. 미레이는 네게 고맙다고 했잖아? 알반 왕국을 지켜 달라고 했잖아? 그럼 내가 해야 할 일은 너를 비난하는 게 아니야. 미레이의 바람을 이루는 것……
네가 이 나라를 지킬 수 있게 힘을 빌려주는 거야. 걱정하지 마. 나는 강해. 망가지지 않아. 나를 이용해서 실컷 연습하도록 해. 그리고 네가 전장에서 이성을 잃으면 내가 막겠어."

"믿어도 돼?"

"그래. 내 힘은 알고 있잖아."

"응, 알고 있어. 저기, 계속 말하고 싶었지만 하지 못한 말이 있어. ……내 친구가 되어 줘. 또 미레이처럼 되진 않을까 무서워서 말을 못 꺼냈었어. 하지만 같이 있어도 된다면, 내가 무섭지 않다면, 친구가 되어 줘. ……혼자는 외로워."

절대적 강자인 용사이기에 느끼는 고독.

그 고독을 나는 상상도 할 수 없을 것이다.

"그래, 좋아. 친구야."

오른손을 내밀어 악수를 청했다.

에포나는 그 손을 단단히 잡고 미소 지으며 눈물을 닦았다.

"아하하, 쑥스럽고, 되게 따뜻해. 잘 부탁해, 루그."

"잘 부탁해, 에포나."

이리하여 나는 용사와 친구가 되었다.

여러 거짓과 타산으로 맺어진 관계였다.

그래도 진짜 친구로서 지내자.

그건 에포나에게 거짓말한 것과 이용해 버린 미레이에 대한 속죄였다.

이 거짓말의 대가로 에포나를 구하겠다.

……나는 아까까지 에포나를 좋아하지 못했다.

하지만 진심에서 우러나온 외침을 듣고 죽이기 싫다고 생각하고 말았다.

나는 단순한 도구로서 암살하는 것이 아니다.

자신의 의지로 죽인다.

그래서 다시금 정했다. 최대한 에포나를 죽이지 않고 세계를 구하는 길을 찾겠다.

만약 에포나를 죽인다면 그건 갖은 수를 다 써 봐도 에포나와 그녀 외의 모든 것을 천칭에 걸어야만 할 때다.

그때까지 나는 계속해서 에포나의 친구로 있자.

제14화 암살자는 군무를 받는다

학원 시장이 끝나고 며칠이 지났을 무렵.

교실에 도착해서 노이슈와 잡담하고 있는데 방송 설비가 작동했다.

『1학년 S반. 루그, 노이슈, 에포나, 클로디아, 타르트. 이상 다섯 명은 5분 내로 제2면회실로 올 것. 이 지령은 모든 일에 우선한다』

에포나를 제외한 네 명이라면 용사의 서포트 관련 이야기겠지만 에포나까지 호출되었으니 다른 일이다.

"이 시간부터 호출인가. 꽤 긴급한 안건인 모양이야."

"학생보고 수업을 빼먹으라니. 불길한 예감이 들어."

조금 전까지 같이 잡담하던 노이슈와 마주 보고 쓴웃음을 지었다.

귀찮은 일이 아니었으면 좋겠지만, 이런 경우에는 반드시 귀찮은 일이 기다리고 있다.

◇

제2면회실에 가니 S반을 담당하는 교관과 기사복을 입은 늠름한 여성이 있었다.

기사복에 달린 훈장의 수를 보건대 우수하고 그런대로 지위가 있는 사람인 듯했다.

교관은 우리에게 앉으라고 하고서 벽에 세운 지도의 한 곳을 펜으로 표시하고 입을 열었다.

"수업을 결석시켜서 미안하군. 단도직입적으로 용건을 전하겠다. 너희는 실전에 나가 줘야겠다. 여기서 서쪽으로 40km쯤 떨어진 마을에 100마리 정도 되는 오크가 다가오고 있다. 오크는 여성을 번식에 이용하지. 여기서 녀석들의 습격을 허락하면 배로 늘어난 오크가 마을 너머에 있는 도시 루트리아를 덮칠 것이다. 그것만큼은 무슨 일이 있어도 피해야 해. 그러므로 마을을 덮치기 전에 계곡에서 잠복하여 섬멸한다."

마물의 대량 발생인가. 마족과 마왕 출현의 징후로 그런 일은 일어날 수 있고 각오도 하고 있었다.

작전 자체는 매우 알기 쉬웠고 합리적이었다.

루트리아는 이 주변 일대 경제의 중심지라서 함락되게 둘 수는 없었다.

굳건한 방벽이 있어서 방어 능력은 높지만, 도시의 문을 닫으면 유통과 경제가 정체되어 큰 손해가 발생한다.

하지만 부자연스러운 점이 세 가지 있었다. 천천히 손을 들었다.

"루그 투아하데. 발언을 허가한다."

"세 가지 의문이 있습니다. 마을 앞쪽에는 보루가 있었을 텐데요. 오크들은 거의 피해 없이 보루를 돌파한 겁니까?"

"대답하지. 오크는 갑자기 보루 안쪽에서 생겨났다. 그리고 보루의 전력은 다른 마물의 침공에 대응하고 있기에 원군은 보낼 수 없다."

"그럼 두 번째 의문입니다. 저희는 힘이 있다고는 하지만 학생입니다. 입학한 지 얼마 되지 않아서 군사 작전을 수행하는 데 필요한 훈련을 받지 않았습니다. 미숙한 저희에게 이 임무를 맡기는 이유를 알려 주십시오."

자신 없는 것은 아니다.

하지만 이해할 수 없는 부분은 되도록 없애고 싶었다. 강함을 논할 문제가 아니라, 전장에서 조직적으로 행동하기 위한 밑바탕이 우리에게는 없었다.

그런 우리를 쓰는 것은 이상했다.

"이유는 인원 부족이다. 마물을 퇴치할 때는 먼저 영지를 다스리는 귀족이 대응하고, 다 대응할 수 없는 경우 기사단에 요청이 들어오지. 최근 마물의 대량 발생이 잇따라서 기사단은 왕도 방위에 필요한 인원을 남기고 전부 외부로 나가 있다. 기사단이 대응할 수 없으면 이 학원이 교관과 상급생을 파견한다. 하지만 교관과 상급생도 모두 나가 있어. 너희 다섯만 부른 것은 1학년 중에서 임무에 종사할 수 있는 것이 너희뿐이라고 판단했기 때문이다."

우리를 굉장히 높이 사고 있는 듯했다.

실물을 보지는 못했으나 문헌에 따르면 마력 보유자가 아닌 사람이 오크에게 도전하는 것은 자살 행위였다.

기사들과 선배들이 모두 나가 있다면 군사 훈련을 받은 일반인보다도 훈련받지 못한 마력 보유자가 그나마 나은 것은 납득이 갔다.

"그럼 세 번째 의문입니다. 상대는 오크입니다. 최악의 사태를 상정한다면 여성은 동행시키지 않는 편이 좋습니다. 타르트와 디아는 제외해야 합니다."

"네 말이 옳다. 하지만 구태여 말하지. 네가 지키면 돼. 무리의 규모가 커서 이 이상 인원을 줄일 수는 없다. 위험을 감수하더라도 최대 전력을 부딪쳐야 해."

제정신이냐고 묻고 싶어졌다.

오크의 특징은 3m에 가까운 거구와 그에 상응하는 파워.

그리고 독자적인 생태계였다.

오크는 수컷만 존재하는 종족이라 다른 종족의 암컷을 임신시킨다.

생식 능력이 매우 강해서 한나절 이상 교접을 계속하고, 웬만한 일이 없는 한 암컷은 하룻밤에 임신하여 사흘쯤 뒤에 아이를 낳는다. ……문제는 그렇게 태어난 아이였다.

오크의 숨은 성질로 인해 모체가 된 종족의 장점을 물려받은 아이가 태어난다.

마을 습격을 우려하는 것은 오크의 수가 늘어날 뿐만 아니라 인간을 모체로 할 경우 인간과 비슷한 수준의 두뇌를 오크가 손에 넣기 때문이었다.

지능적인 오크가 무리를 통솔하게 되면 위험도가 껑충 뛰게 된다.

그리고 더욱 최악인 것은…….

"타르트와 디아, 두 사람이 오크의 씨받이가 되면 터무니없는 괴물이 태어납니다."

"똑같은 말을 하게 만들지 마라. 위험성은 이해하고 있다. 그리고 그렇게 만들지 말라고 하지 않나."

모체의 장점을 물려받는 이상, 재능 넘치는 마력 보유자가 낳는 오크는 지능뿐만 아니라 전투력도 매우 높다.

……무엇보다 짐승 같은 욕구밖에 없는 오크가 있는 곳에 두 사람을 데려가기 싫었다.

"걱정해 주셔서 고맙습니다. 하지만 괜찮아요. 저는 지지 않을 거니까요."

"맞아. 우리는 루그에게 훈련받았고, 그리고 루그가 지켜 줄 거잖아. 중요한 임무고, 루그의 힘이 되고 싶어."

그렇게 낙관적으로는 생각할 수 없었다.

오크는 둔중하고 지능도 떨어진다. 하지만 근력과 생명력, 그리고 끝을 알 수 없는 체력은 위협이었다.

사고는 충분히 일어날 수 있다.

"네가 뭐라고 하든 명령은 절대적이다. 너희는 이 나라의 귀족이야. 그렇다면 이 나라에 이바지해라. ……너희를 보조하기 위해 학원에서는 내가, 기사단에서는 그녀가 동행한다."

"인사가 늦어서 미안. 나는 레이첼 바튼. 이곳의 1기생이야. 너희는 내가 지킬 테니 걱정하지 마."

레이첼 바튼. 이 학원의 1기생이자 수석으로 졸업한 학생일 터다.

우리는 한 명씩 그녀에게 인사했다.

"올해는 10년에 한 번 나오는 뛰어난 인재가 몇 명이나 나타난 엄청난 해라고 들어서 기대하고 있었어."

"기대에 부응할 수 있게 노력하겠습니다."

저항은 그만두고 그렇게 대답했다.

어떤 논리를 펼쳐도 들어주지 않겠구나 싶었다.

"저와 루그가 있으면 무적입니다. 게다가 용사까지 있으니 오크 따위 별거 아니죠."

노이슈는 그렇게 말했지만 나는 불안을 감출 수 없었다.

말하지는 않을 거지만 오크보다 더 무서운 것이 있었다.

에포나의 폭주다. 첫 모의전 외에도 몇 번인가 싸웠다.

……에포나는 열이 오르면 내가 아니라면 죽을 만한 공격을 했다.

모의전에서조차 그랬다. 오크 무리와 싸운다면 모의전보다 몇 배는 뜨거워질 테고 여유가 사라진다. 그렇게 되면 재해급 힘으로 날뛸 테고, 그 난리의 여파로 어떤 대참사가 일어날지 알 수 없었다.

그런 에포나가 이쪽을 보고 있었다.

"나, 힘낼게. 루그 덕분에 최근에 자신감이 생겼어!"

그래서 무서웠다. ……오크 이상으로 에포나를 경계하자.

"이야기는 이상이다. 출발은 세 시간 후. 준비하고 광장에 있는 기사단 마차로 집합한다. 이건 군대가 주도하는 작전이므로 교복 착용을 의무화한다. 전원, 퇴석하도록."

그리고서 더는 할 말이 없다는 듯 등을 돌렸다.

첫 군사 행동이 이렇게 일찍 찾아올 줄은 몰랐다.

복도로 나오자마자 각자 준비하기 위해 헤어졌다.

노이슈는 야심만만하게 웃으며 떠나갔다.

나는 그 자리에 남은 타르트와 디아를 향해 말했다.

"타르트, 디아. 살아남기 위해 반드시 지켜야 하는 사항을 전달할게. 교관이나 군인 앞에서는 할 수 없는 얘기야."

내 진지한 모습에 이끌려 두 사람이 굳은 표정으로 고개를 끄덕였다.

"첫째, 내게서 떨어지지 마. 적을 깊이 쫓지 말고 내 옆에 있어. 알겠어? 난전이 벌어지면 만일의 사태가 일어날 수 있어. 사각지대에서 오크의 일격을 받는다면 마력으로 강화한 상태더라도 기절해. 그 녀석들은 본능적으로 암컷을 무력화해서 데려가는 걸 최우선으로 여겨. 한 마리가 암컷을 데려가면 동료들이 고기 방벽을 만들어서 원호해. 그렇게 되면 절망적이야. 나는 두 사람이 옆에 있는 한 반드시 사각지대를 없앨 거야."

"네! 옆에 꼭 붙어 있을게요."

"응, 나도 조심할게. 루그와 헤어지기 싫은걸."

"둘째, 내 명령을 무엇보다 우선해. 교관의 명령과 상충될 때는 망설이지 말고 나를 따라."

"그런 건 말씀하실 필요도 없어요. 저는 루그 님의 전속 하녀예요."

이 학원의 기사로서는 실격인 말이었지만 내 전속 하녀로서는 만족스러운 대답이었다.

"타르트처럼 멋있는 말은 못 하지만, 나도 그럴 거야."

"마지막. 가장 큰 위험은 에포나야. 에포나가 싸우면서 생기는 여파는 오크보다 몇 배는 위험해. 절대로 긴장을 늦추지 마. ……안 그럼 죽어."

이 세 가지 약속을 두 사람이 지키는 한, 도와줄 수 있다.

그나저나 학원에 들어온 지 얼마 안 된 우리를 쓰다니 어지간히 일손이 부족한 모양이다.

아니면 용사의 성능을 실험하려고 일부러 이런 고난을 준비한 건가? 그런 생각을 하고 말았다. 어쨌든 할 수 있는 일을 전부 하자. 살아남기 위해.

준비를 빠르게 마치고 집합 장소로 가자 이미 모두 모여 있었다.

너무 강해서 준비할 필요가 없는 에포나를 제외하면 다들 실전을 상정한 장비였다.

노이슈는 마검을 장비하고 있었고, 투아하데 세 사람은 겉모습이야 평소와 다름없지만 내의가 달랐다.

투아하데의 비술을 구사하여 마수의 피막으로 만든 것이 이 내의였다. 참격, 충격, 열에 강한 데다가 신축성이 좋았다.

투아하데가 거친 일을 할 때는 이 내의를 입었다.

"이거, 가슴이 조금 답답해요."

"……참아 줘."

하지만 투아하데의 비술로 만든 그 내의도 타르트의 큰 가슴까지는 고려하지 못한 모양이었다. 신축성 있는 재료일 테지만 그것도 한도가 있었다.

가엾지만 참으라고 하자.

"우와, 대박. 아, 맞아. ……루그, 나도 좀 답

답한 것 같아."

"그, 그래?"

확실하게 거짓말이다. 옷감의 신축성으로 충분히 대응 가능한 범위이리라.

그러는 사이에 출발 시간이 되어 모두 마차에 올라탔다.

평범하게 싸우면 오크 무리에 대응할 수 있을 터다. 군대의 정보가 맞기를 기도하자.

◇

매복할 계곡에 도착했다.

마력 보유자가 아닌 병사들이 있었다.

마물과의 싸움에서 비마력 보유자는 전력이 되지 않지만, 파수와 척후, 억류, 진지 제작, 피난 유도, 물자 보급, 본진과의 연락 같은 분야에서는 활약할 수 있었다.

그들이 있기에 마력 보유자는 싸움에 집중할 수 있었다.

척후가 돌아와 레이첼에게 보고했다.

레이첼은 고개를 끄덕이고서 우리에게 어떻게 전할지 생각하는 듯했다.

잠시 후, 이쪽으로 왔다.

"앞으로 네 시간쯤 뒤에 오크 무리가 올 거야. 어떻게 된 건지 수가 늘어났어. 예상 숫자가 100마리 전후에서 150으로 올라갔어."

늠름한 어조로 그렇게 말했다. 숫자가 1.5배라니 웃어넘길 수 없는 일이다.

통상적으로 그 정도 오차라면 작전을 중지하고 철수해야 했다.

이어질 말을 기다렸지만 레이첼은 아무 말도 하지 않았다.

그런 가운데, 타르트가 조심조심 손을 들었다.

"저기, 작전 같은 건 없나요?"

"작전은 심플해. 이 계곡에서 오크들을 전멸시키는 거야. 굳이 말하자면 근접전이 특기인 아이는 적극적으로 앞에 나가고, 마법이 특기인 아이는 뒤에서 싸우는 거지."

작전이라고 하기에는 너무 허술했다.

물론 제대로 연계 훈련을 받지 못한 우리에게 복잡한 작전은 불가능하지만.

"레이첼 님, 제안이 있습니다. 이 계곡은 오크 무리를 요격하기에 안성맞춤이긴 하지만 폭이 너무 넓습니다. 오크 150마리와 정면으로 싸우는 건 자살 행위입니다."

폭은 약 7~8m쯤. 거구인 오크여도 대여섯 마리는 늘어설 수 있다.

오크 여섯 마리가 달려들면 전위가 돌파되어 사방팔방에서 공격을 받게 되고 후위는 마법을 영창할 여유를 잃는다.

숫자에서 밀리는 이쪽은 열세에 빠질 것이다.

"하지만 여기보다 나은 곳은 없어."

"지도상으로는 그렇죠. 그렇다면 지형을 바꾸면 어떨까요. 저와 디아라면 땅 마법을 써서 폭을 좁힐 수 있습니다. 이렇게 점점 좁

아지도록 흙벽을 만들면 오크가 두 마리밖에 못 지나가게 됩니다."

간단한 그림을 종이에 그렸다. 계곡 벽에 붙여 비스듬하게 흙벽을 배치해서 점점 좁아지는 지형으로 다시 만든다.

이 작전의 이점은 한 번에 대응하는 숫자를 줄일 수 있다는 점이었다.

게다가 흙벽은 방벽도 된다. 후위에서 싸우는 마법사는 벽 뒤에서 포물선을 그리듯 마법을 쓰면 안전하다.

완전히 벽을 막아 버리고 싶지만, 오크가 진군을 포기하고 우회할 가능성이 있으므로 빠듯하게 두세 마리가 지날 수 있는 틈은 마련하는 편이 좋았다.

"재미있는 의견이네. 하지만 이 정도 흙벽을 만들면 마력이 바닥나지 않을까?"

"저와 디아라면 고된 일은 아닙니다. 교전이 네 시간 후라면, 빠르게 흙벽을 구축하고 쉬어서 마력을 회복하면 됩니다."

"나는 찬성. 그쪽은?"

레이첼이 교관을 보았다.

"허가하지. 루그, 클로디아, 해 보도록."

"네!"

"루그, 힘내자."

디아와 함께 고개를 끄덕이고 즉시 벽을 만들기 시작했다.

마력 보유자도, 그렇지 않은 자도 우리의 작업을 보고 깜짝 놀랐다.

"훌륭해. 인제 봐도 루그와 디아의 마법은 예술적이야."

"맞아요. 루그 님과 디아 님은 마법 천재예요."

"흐응, 굉장하네. 학생이란 생각이 안 들어. 지금 당장 내 부하로 삼고 싶을 정도야."

우리의 오리지널 마법은 아니지만, 이 정도 규모의 마법인데 구성이 거의 완벽하고 심지어 마력에도 여유가 있으니 괴물처럼 보일 것이다.

어쨌든 이 기사나 교관이나 제정신인 걸까. 만약 내가 아무 말도 꺼내지 않았다면 그야말로 에포나 빼고는 전멸했을지도 모를 만큼 절망적인 싸움이 됐을 터다.

……아니, 역시 일부러 그런 상황을 만들려는 건가. 용사의 힘을 측정하기 위해.

◇

토목 공사가 끝난 후에는 군인들에게 파수를 맡기고 텐트에서 쉬기로 했다.

디아는 마력 회복을 높이기 위해 안정 효과와 체력 회복 촉진 효과가 있는 투아하데 비약을 먹고 잠들었다.

"루그 님, 긴장되기 시작했어요."

타르트의 손이 떨리고 있었다.

"무서워?"

"그렇진 않아요. 루그 님이 계시니까요."

"그래? 하나 조언할게. 주저하지 마. 확실하게 처리해."

"네!"

타르트가 창을 움켜쥐었다. 접이식 창은 이미 조립되었고, 힘든 싸움이 될 것을 예상하여 연결부를 보강한 상태였다.

"그리고, 조금, 괜찮을까요? 그게, 또 부족해져서."

"아직도 제어가 안 돼?"

"네. 계속 마력이 새요. 그러니까, 루그 님 걸 주세요."

디아를 곁눈질로 보았다. 아직 자고 있는 듯했다.

이 상태라면 장소를 옮길 필요도 없으려나.

투아하데의 눈의 단점. 마력을 모아 시력을 강화하지만, 익숙해지기 전에는 무의식적으로 마력을 주입해서 마력 부족에 쉽게 빠진다.

익숙해지면 필요하지 않을 때는 마력 공급을 멈출 수 있으나 타르트는 아직 그게 불가능했다.

그렇기에 마력을 보충하기 위한 비술을 쓴다.

타르트와 입을 맞추고 그곳을 기점으로 마력을 주입한다. 점막 접촉이 마력을 양도하기 가장 쉬웠다.

입술이 닿은 순간, 타르트가 몸을 맡기며 눈을 감고 입술을 세게 눌렀다.

마력이 흘러가기 시작하자 타르트의 몸이 움찔했고 숨이 뜨거워졌다.

이건 내 오리지널 비술이었다. 마력의 파장을 맞추는 것은 매우 고등 기술이라서 이런 시도를 한 사람은 아마 거의 없을 것이다.

……이 방법은 별로 쓰고 싶지 않지만, 요전번에 심각한 마력 결핍증에 빠졌던 타르트를 돕기 위해 쓰면서 긴급 처치라고 했는데도 그 후로 이따금씩 졸라 댔다.

실제로 타르트는 진작에 눈을 제어할 수 있게 된 것 같지만, 마력 결핍을 구실로 입맞춤을 조르는 타르트가 귀여워서 그냥 두고 있었다.

그리고 타르트를 안고서 입을 맞추는 것은 나도 좋았다.

"이제 충분해?"

입술을 떼고 타르트와 마주 보았다.

이때의 타르트는 평상시와 전혀 다르게 관능적이다.

"네, 루그 님 것이 잔뜩 흘러들어서 마력과 용기가 가득해요!"

황홀한 얼굴로 타르트가 입술을 어루만졌다.

……이 치료법은 디아에게는 비밀이다. 얘기하면 여러 가지로 일이 귀찮아질 것 같다.

갑자기 주위가 소란스러워졌다.

적이 나타난 모양이다.

"슬슬 시작인가. 디아, 일어나."

"으응~ 루그, 좋은 아침."

"자라고 하긴 했지만 이 상황에서 숙면하다니 신경이 꽤 굵구나."

"그럴지도. 하지만 덕분에 마력은 제법 돌아왔어."

평소와 다름없는 디아다.

아까 그 모습은 못 본 듯했다.

"그럼 가자. 디아, 부적은 챙겼지?"

"완벽해."

디아의 포세트에는 내가 임계 직전까지 마력을 담은 팔석이 다섯 개 들어 있었다.

최후의 보험이었다. 마력이 바닥났을 때를 대비한 최종 수단.

숨겨야 할 카드이긴 하지만, 디아의 목숨과는 바꿀 수 없었다.

"타르트, 각오는 됐지?"

"네! 질 것 같지가 않아요."

병사들이 부르러 왔다.

드디어 우리가 나설 차례다.

제16화 암살자는 오크와 싸운다

밖에 나오니 해가 저물고 있었고 이미 전원이 자리에 배치되어 있었다.

전위를 맡은 것은 노이슈, 타르트, 에포나.

나는 중위에서 마법으로 섬멸하며 전위가 무너지면 그쪽을 지원. 디아는 후위에서 마법에 집중.

그보다 더 뒤에는 기사인 레이첼과 교관이 있었다.

그들의 역할은 우리가 위험에 처했을 때 돕는 것과 놓친 적이 빠져나가지 못하게 막는 것.

그리고 누군가가 전투 불능에 빠지면 대신 들어간다.

"오크들이 왔나."

나와 디아가 만든 벽 사이로 보이는 경치가 오크의 진초록 일색으로 물들었다.

시야가 제한되는 부분은 벼랑 위에 있는 일반병들이 하나하나 보고하기로 되어 있었다.

키가 3m에 이르는 진녹색 거인들이 세곡을 따라 진군했다.

벼랑 위에 있는 일반병들이 화살을 쐈지만

두꺼운 피부와 지방에 막혀서 화살은 전혀 효과가 없었다.

오크들은 우리가 꾀한 대로 디아와 내가 만든 벽에 의해 움직임이 제한되어 좁은 출구로 향했다.

그것을 지켜보고서 나와 디아는 영창을 개시했다.

오크의 선두가 출구에 도달했을 때, 우리의 마법이 완성되었다.

""【홍련 폭렬】.""

불 마법을 계속 쓰면 약 스무 번째로 신이 내리는 마법으로, 평범한 마력 보유자는 죽을 때까지 배울 일이 없는 마법이었다.

그만큼 위력은 꽤 강했다.

농구공 크기의 불덩이가 포물선을 그리며 벽을 넘어 오크 무리에 떨어졌다. 폭발이 일어났고 홍련의 불길이 벽 사이로 보였다.

감시 중인 병사가 외쳤다.

"착탄! 적 여덟 마리 격파!"

역시 단단했다.

나와 디아, 초일류 마력을 가진 두 사람이 상위 마법으로 한 사람당 네 마리씩밖에 못 쓰러뜨렸다.

하지만 절망하고 있을 때가 아니었다.

마법조의 역할은 벽을 방패 삼아 계속 마법을 날리는 것이다. 우리가 오크의 수를 줄이면 줄일수록 전위조가 편해진다.

그리고 전위조의 역할은 당연히 출구로 나온 오크들을 해치우는 것이었다.

이미 제일 먼저 벽을 빠져나온 두 마리에 대해 요격 태세에 들어가 있었다.

에포나가 돌진했다.

"죽어 버려."

그저 대충 거리를 좁혀서 주먹을 날렸다. 오크의 배가 물결치나 싶더니 터졌고, 상반신과 하반신이 나뉘며 흙벽에 처박혔다.

에포나는 무기를 쓰지 않는다. 에포나의 힘으로 휘두르면 무기가 버티지 못하고 부서지기 때문이다.

"가자, 타르트."

"네!"

또 다른 오크는 타르트와 노이슈가 연계하여 싸웠다.

즉석에서 합을 맞추는 것이지만 좌우에서 능숙하게 협공하여 오크를 교란했고, 타르트의 창이 눈을 파내며 노이슈의 예리한 칼날이 손목을 벴다.

훌륭했다. 오크는 단단한 피부와 두꺼운 지방이라는 갑옷을 입고 있어서 웬만한 공격으로는 대미지를 줄 수 없다.

하지만 눈은 간단히 파낼 수 있고, 손목은 지방이 얇고 동맥이 지나서 피가 뿜어져 나온다.

두 사람의 공격을 받은 오크는 피를 흘리며 날뛰다가 몇십 초 후에 쓰러져 싸늘한 사체가 되었다.

이대로 가면 체력을 소모하지 않고 오크를 징리할 수 있다.

우리가 만든 길로 오는 한, 한 번에 나올 수 있는 오크는 고작해야 두세 마리.

에포나와 노이슈, 타르트, 셋이서 충분히 처리할 수 있다.

그사이에 디아와 내가 밀려 있는 오크들을 태워 버린다.

힘든 싸움이지만 위험하지는 않다.

그저 지금의 패턴을 되풀이하면 된다.

이쪽의 체력이 먼저 바닥날지, 오크가 먼저 전멸할지. 어느 쪽이 먼저일지가 문제였다.

자, 끈기 싸움의 시작이다.

◇

……싸움이 시작되고 30분이 지났다.

이상했다. 싸움이 끝나지 않았다.

이미 오크를 100마리 넘게 해치웠을 터다. 그런데 적의 기세는 조금도 약해지지 않았다.

벽 때문에 전체상이 보이지 않는 우리는 벼랑 위에 있는 병사들의 보고를 의지하고 있었다.

늘 여유를 보이는 노이슈가 드물게도 짜증을 담아 외쳤다.

"대체 수가 얼마나 남은 거야?!"

"추정 120!"

"어떻게 된 거야? 우리는 적어도 100마리 이상 해치웠는데!"

"어딘가에서 계속 증원이 오고 있습니다."

전투가 시작되기 전에 적의 수가 50% 늘어났을 때부터 위험하다고 생각했지만 증원이 계속되다니.

증원을 합치면 220마리.

게다가 더 늘어나지 않으리라는 보장도 없었다.

원래부터 숨어 있었다고 하기에는 수가 너무 많았다. ……불길한 예감이 들었다. 마물을 만들어 내는 능력을 가진 마족이 잠복해 있을 가능성도 고려해야 했다. 웃기지도 않는다.

"미안, 더는, 무리일 것 같아."

디아가 파래진 얼굴로 무릎 꿇었다. 마력 결핍증.

상위 마법인【홍련 폭렬】을 30분 동안 계속 썼으니 그럴 만도 했다.

그리고 타르트도 위험했다.

움직임이 둔해지기 시작했다.

오크가 휘두른 몽둥이를 미처 피하지 못했다.

"꺄아아아아아아아아."

왼팔로 아슬아슬하게 막았지만, 뼈가 부서지는 소리가 나며 날아가 쓰러졌다. 일어나려고 했으나 착지에 실패하여 발을 삔 모양이라 움직이지 못했다.

오크가 짐승 같은 욕망을 드러내며 타르트를 향해 손을 뻗었다. 타르트를 데려가려는 것이다.

"돼지 새끼가 감히!"

【홍련 폭렬】 영창을 중단하고 질주했다. 질주의 기세를 전부 실어 땅을 밟고 전신을 비틀어 손에 힘을 모아 오크를 날려 버렸다.

입학시험 때 부단장을 쓰러뜨린 기술이었다. 오크의 몸 안에서 기와 마력이 터졌고, 오크는 온갖 구멍에서 피를 뿜어내며 절명했다.
그때와 달리 힘을 가감하지 않았다.
몸 안에서 폭발시키기에 두꺼운 지방과 근육도 무시할 수 있었다.
"루그 님!"
"타르트, 뒤로 물러나. 전위는 내가 맡겠어."
"저는 아직, 싸울 수."
"한계야! 일어날 수 있으면 걸어서 물러나."
타르트는 더 반론하지 않았다.
이 이상은 발목을 잡는다는 것을 알기 때문이다.
고작 30분 싸우고 탈진할 만큼 약하게 단련하지는 않았다. 하지만 너무 잘 보이는 투아하데의 눈에 완전히 적응하지 못해서 신경을 소모하고 있었다.
타르트 대신 전위로 나섰다. 뒤에 있는 타르트를 보호하며 오크와 마주했다.
……이 중압감 속에서 타르트는 계속 싸운 건가. 나중에 칭찬해줘야겠다.
"네가 이리로 오면 뒤에 있는 녀석들은 누가 해치워?"
"내가 이쪽으로 안 오면 무너지잖아. 뒤에 있는 기사님과 교관이 앞으로 나올 때까지 땜빵이야."
"그렇지. 우리가 이만큼 했으니 슬슬 교대해 줬으면 좋겠어."
노이슈는 너스레를 떨었지만 상당히 힘들어 보였다. 버틴다고 해도 앞으로 30분 정도일까.

그런 상황에서 한층 위험한 사태가 일어나기 시작했다.

새파란 얼굴로 무릎 꿇고 있는 디아가 절규했다.

"루그, 우리가 만든 벽이!"

"한계가 왔나."

오크들은 앞이 뚫리기를 기다리는 동안 짜증 나는 벽을 부수려고 날뛰고 있었다.

……그것뿐이라면 그래도 어떻게든 됐겠지만, 에포나가 벽에다 오크들을 힘껏 처박으면서 꽤 대미지를 입었다.

그래도 당초 예측했던 숫자라면 벽이 무너지기 전에 끝났다. 그 수를 기준으로 만든 벽이었다.

하지만 싸움이 길어지면서 마침내 한계가 왔다.

전부 안일한 전망이 초래한 일이었다.

벽 뒤에서 오크가 우르르 밀어닥쳤다.

벽이 무너지자 전투 개시 전과 다름없는 수의 오크가 보였다. 지금까지와는 달리 대여섯 마리씩 늘어서서 달려왔다.

……각오는 했었지만 좌절감이 들었다.

저 물량은 버틸 수 없다. 그리고 뒤에는 다친 타르트와 마력이 고갈된 디아가 있다.

더는 실력을 숨기고 있을 때가 아니었다.

전력을 다하지 않으면 나뿐만 아니라 전부 죽는다.

웬만하면 쓰지 않으려고 했던 팔석을 잡았을 때였다.

"드디어 날뛸 수 있이. 한 미리, 한 마리, 깨작깨작, 깨자깨작 귀찮아 죽을 뻔했다고오오오오오. 내가 모조리 죽여 주마!!"

폭발한 에포나가 오크 무리 속으로 돌진했다.

그런 짓을 하면 금방 포위당해서 협공당한다.

하지만 에포나를 둘러싼 오크들이 전부 조각났다. 에포나는 웃고 있었다.

모의전에서 뜨거워졌을 때 보여 줬던 웃음보다 훨씬 섬뜩한 웃음이었다.

지금 에포나는 피에 굶주린 짐승 같았다.

저것이 용사. 그리고 에포나가 말했던 새빨개져 버린 모습.

노이슈의 얼굴이 굳었고, 타르트와 디아는 겁을 먹었다.

그런 시선을 알아차리지 못한 채 흉포한 짐승이 사냥감을 물어뜯기 시작했다.

Episode17

제17화 암살자는 실패한다

The world's best assassin, to reincarnate in a different world aristocrat

용사 에포나가 오크들을 압도했다.

팔을 휘두르기만 해도 다진 고기가 만들어졌고, 때때로 날리는 불꽃 탄환은 오크 무리의 선두에서 후미까지 관통하며 시야 밖으로 날아갔다.

싸움이 아니라 일방적인 학살에 불과했다.

오크는 공포라는 감정을 갖지 않는다. 그렇기에 이토록 압도적인 생물에게 계속해서 덤볐다.

옆에 선 노이슈가 덜덜 떨며 목소리를 짜냈다.

"아하하하. 뭐야, 저거. 우리랑은 너무 다르잖아. 처음부터 이래야 했어. 에포나 혼자서 충분해. 우리가 여기 있을 의미 따위 없어."

에포나와 내가 모의전으로 싸우는 모습은 노이슈도 많이 봤다. 하지만 이렇게 진심으로 날뛰는 에포나는 처음 봐서 그 규격을 벗어난 힘에 동요하고 있었다.

"그렇겠지. 이런 역할 분담 따위 하지 말고 에포나 혼자 돌격시켰다면 진작에 섬멸했을지도 몰라."

"알고 있었던 것처럼 말하는구나. 그럼 왜 이런 작전을."

노이슈의 말이 멈췄다.

오크의 머리가 탄환처럼 빠르게 날아왔기 때문이다.

투아하데의 눈에 마력을 주입하고 있었기에 아슬아슬하게 대응할 수 있었다.

날아오는 오크 머리의 측면을 단검 손잡이로 쳐서 궤도를 틀자 뒤에 있는 벽에 깊이 처박혔다.

이런 걸 막으려고 하면 팔이 날아간다. 그래서 흘렸다.

직격하면 마력 보유자더라도 무사하지는 못할 것이다.

단순한 유탄. 진심으로 싸우는 에포나는 팔을 휘두르기만 해도 이렇게 된다.

"이게 대답이야. 오크보다도 에포나의 싸움에 휘말리는 게 훨씬 무서워. 그래서 에포나가 진심으로 싸우는 상황을 만들고 싶지 않았어. 지금부터 방심하지 마."

"꽁지 빠지게 도망치고 싶어."

"이런 상황인데도 도망치면 전선 이탈이 된다는 게 괴로운 부분이지. 도망쳐도 된다면 나도 진작에 그랬을 거야."

뒤를 보니 마력이 고갈된 디아와 정신력을 소진한 타르트가 천천히 물러나고 있었다.

적어도 그녀들이 안전권에 도착할 때까지는 이곳을 사수해야 했다.

아무리 에포나도 강해도 저 많은 오크를 동시에 처리할 수는 없다. 놓치는 녀석이 나온다. 그것도 이곳을 벗어날 수 없는 이유였다.

거보라지, 바로 왔다.

오크 두 마리가 에포나 옆을 빠져나왔다.

그 두 마리를 해치우려고 노이슈와 눈짓을 주고받았을 때였다.

"망할 돼지 새끼가! 나한테서 도망칠 수 있을 것 같아?!"

에포나가 오른손에 마력을 높이더니 영창도 하지 않고 그대로 오크를 향해 날렸다.

단순한 마력은 공격력이 거의 없다. 그래서 마력 보유자는 마법을 쓴다.

만약 마력 뭉치를 그저 던지는 것이 유용한 공격 수단이 된다면 영창이 필요한 마법 따위 아무도 쓰지 않을 것이다.

그런데도 에포나의 일격은 방대한 마력량과 용사 특유의 여러 S랭크 스킬로 강화되어 필살의 위력이 되었다.

"위험해!"

마력 뭉치는 오크에게 똑바로 날아갔다. 문제는 그 앞에 타르트와 디아가 있다는 것이었다.

오크를 관통하여 두 사람에게 맞는다. 지금 그녀들은 피할 수도 막을 수도 없다.

옆으로 뛰어 두 사람과 오크 사이에 끼어들었다.

계속 숨겼던 전력을 발휘할까?

전력을 발휘하면 상처 없이 막을 수 있다. ……아니, 그 카드를 숨긴 채로도 대응할 수 있다.

다치더라도 실력을 숨기자고 각오를 다졌다.

마력을 보내자 마수의 피막으로 만든 내의가 단단해졌다.

이중 구조로 만들어진 내의는 단단해지는 층과 충격을 흡수하는 부드러운 층으로 나뉘어 있었다. 마력을 충분히 주입하면 최고의 방패가 된다.

예상대로 오크를 뚫은 마력 뭉치를 등으로 막았다.

어깨뼈가 부서졌다. 힘껏 버텼지만 몸이 날아갔다.

……잘 막았다. 용사의 일격을 막았는데 이 정도로 끝났다면 괜찮은 편이다. 【초회복】으로 몇 분이면 회복된다.

다만 이대로 날아가면 타르트와 부딪친다.

지면을 향해 마력 뭉치를 날렸다.

에포나 같은 필살의 위력이 없어도 반동으로 방향을 바꾸는 것 정도는 가능했다. 두 사람을 직격하는 코스에서 벗어났다.

이 기세라면 낙법을 취해도 뼈 한두 개 부러지는 것은 각오해야겠지만 그 정도라면 상관없었다.

"루그 님!"

그랬는데 타르트가 튀어나오더니 부딪치지 않도록 궤도를 변경한 나를 받았다.

기진맥진하여 마력으로 신체 능력을 강화하지 않은 상태인데도.

타르트와 함께 몇 미터를 굴렀다.

마침내 멈췄지만 나를 받은 타르트는 기절해 있었다. 입안이 찢어졌는지 입가로 피가 흘렀다.

"타르트!"

왜 감싼 거야?!

빠르게 날아가던 나를 마력으로 몸을 강화하지 않은 상태로 받으면 이렇게 되리라는 것은 알고 있었을 텐데.

……어리석은 질문이다. 타르트는 나를 지키고 싶었기에 무모하게 움직였다.

타르트는 그런 아이였다.

앞을 보았다.

에포나와 눈이 마주쳤다. 내 얼굴을 보고 두려워하고 있었다.

조금 전까지 싸움에 취해 있던 인간 같지 않았다.

눈에 보이게 움직임이 나빠졌다.

그래도 문제는 없었다. 어차피 오크가 혼신의 일격을 가해도 에포나에게 상처 하나 입힐 수 없으니까.

가냘픈 목소리로 매달리듯 말했다.

"나, 나는, 그럴, 생각이, 일부러 그런 게."

그런 건 알고 있다. 내가 용서할 수 없는 것은 나 자신이었다.

에포나가 전력을 발휘하면 이렇게 되리라고 알고 있었기에 작전을 짰다.

비정상적인 마력을 숨긴 채로도 잘 처리할 수 있을 거라고 자만했다가 실패해서 타르트가 그 대가를 치르게 했다.

타르트라면 나를 지키려 들 것을 상상할 수 있었는데도.

"놓친 녀석은 내가 어떻게든 할 테니 앞만 보고 싸워!"

그 말을 짜냈다.

신경 안 써. 사고야. 에포나 탓이 아니야.

그렇게 말해야 했다. 하지만 감정은 별개였다. 다친 타르트를 보고 마음이 사나워져 있었다.

지금 위로의 말을 하면 분명 거짓말인 것이 티 난다. 그래서 그런 말밖에 못 했다.

◇

그 후 10분쯤 지나자 오크들은 전멸했고 학원에 돌아가게 되었다.

에포나는 타르트가 쓰러진 뒤로 계속 움직임이 나빴지만 그래도 압도적으로 강했다.

놓치는 적은 늘어났으나 줄곧 뒤에 있던 교관과 기사가 마침내 앞으로 나온 덕분에 어떻게든 됐다.

하지만 에포나가 전력을 발휘하자 증원이 딱 멈춘 점은 신경 쓰였다.

그렇게나 퐁퐁 솟아났었는데.

상황을 보면 이건 정찰이지 않았을까?

용사를 해치우기 위해 에포나의 전력과 약점을 알아내려고.

그럴 목적으로 그렇게나 많은 오크를 버린 것이라면 진짜 전력은 어느 정도지?

고개를 저었다. 그런 생각을 하고 있을 때가 아니었다. 타르트를 치료하는 데 집중하자.

디아가 걱정하며 물었다.

“루그, 타르트는 괜찮을 것 같아?”

“괜찮아. 타박상과 골절과 찰과상, 전부 고칠 수 있어.”

“다행이다. 엄청난 기세로 날아가서 걱정했어.”

군의관도 있지만 내 실력이 더 좋기에 직접 치료 중이었다.

얼추 처치를 끝내고 지금은 마력을 써서 자기 치유력을 강화하고 있었다.

“타르트, 안색이 많이 좋아졌네.”

“그래, 이제 안심이야.”

타르트의 머리를 쓰다듬었다.

그러고 있으니 좌석과 침대를 막는 커튼이 열렸다.

“저기, 그게, 나, 사과하려고.”

에포나는 눈을 맞추기 무서운지 아래를 보고 있었다.

“……그렇게나 격렬한 싸움이었는걸. 휘말리는 것도 어쩔 수 없지.”

마음은 정리됐다. 신경 쓰지 않는 것처럼 말했을 터다.

“하지만, 그래도, 타르트에게 미안한 짓을 했어.”

“사과하면 타르트도 용서해 줄 거야.”

“그럴까, 그랬으면 좋겠다. 있지, 루그도 다치게 해서 미안해. 나, 또, 이 모양이야. 전장에 나갈 때마다, 싸움이 벌어지면, 새빨개져서, 날뛰고, 정신 차리고 보면, 다들 다쳐 있고, 그래서, 나는.”

에포나의 주먹이 떨리고 있었다.

“나는 날라시고 싶었어. 새빨개져도 분명하게 주위가 보일 만큼 강해지고 싶었어. 그래서 루그와 모의전을 하면서, 새빨갛게 뜨거워질 정도로 진심으로 싸웠고, 그런데도 최근에는 아무도 다치지 않아서, 조금 자신감이 생겨서, 오늘은 괜찮을 줄 알았는데, 역시 아니었어."

그래, 알고 있어.

학원 시장이 열렸을 때, 에포나의 고민을 듣고 협력하겠다고 약속했고 실제로 협력했다. 에포나는 모의전이 끝날 때마다 오늘도 괜찮았다며 조금씩 자신감을 가지기 시작했었다.

"그리고 루그라면 내가 새빨개져도 막아 줄 거라고, 그렇게 생각했었어. 아하하, 제멋대로지. 다시 한번 미안해. 역시 용사 따위 무리일지도."

그 말을 남기고서 원래 있던 곳으로 돌아갔다.

디아가 쓴웃음을 지었다.

"나쁜 아이는 아닌 것 같아. 루그도 높이 사고 있고."

"그렇지."

……나라면 막을 수 있다라.

그날 했던 약속을 떠올렸다.

나는 에포나와 함께 있어도 죽지 않는다고, 에포나가 폭주하면 막겠다고 약속했다.

그런데 이 꼴이었다. 전력을 다했는데도 막지 못했다면 그나마 나았다.

하지만 실력을 숨긴 탓에 이렇게 됐다.

"디아, 에포나에게 사과하는 편이 좋을까? 매서운 말을 하진 않았지만, 타르트를 지키지 못했다는 짜증을 태도로 드러내고 말았어. 타르트가 쓰러졌을 때, 굉장한 얼굴로 노려봤어."

"내가 좋아하는 루그라면 사과할 거야."

"그렇지. 저쪽이 좀 진정되면 사과하러 가야겠어."

내 잘못은 이미 알고 있었다.

아직도 미숙했다. 인간다워졌기에 그 미숙함에 휘둘렸다.

조금씩 정진해 나가자.

"그리고 타르트에게도 사과해야겠지."

"미안하다고 생각하면 키스라도 해 주는 게 어때? 한 방에 기분이 풀릴 거야."

"그러네. 그러자."

"어라? 농담이었는데 그 반응은 뭐야?! 지금 전혀 안 망설였지?! 혹시 타르트랑 이미 키스하는 사이야?!"

"……그렇진 않아."

마력 보급을 위해 하는 키스는 비밀이다.

"치사해. 나한테도 키스해 줘. 루그, 그때 이후로 안 했잖아."

그렇게 디아에게 이런저런 추궁을 당했고, 학원에 돌아왔을 즈음에 타르트가 깨어나서 사과하자 반대로 타르트가 전력으로 내게 사과했다. 보상하겠다고 해도 받아들이지 않았다. 그래서 언제 한번 깜짝 선물이라도 주기로 했다.

내일은 바로 에포나에게 사과하자.

이런 일은 빠르면 빠를수록 좋다.

결국 에포나에게는 사과하지 못했다.

이튿날 교실에서 사과하려고 했는데 에포나는 다른 임무로 호출받고 학원 밖으로 나갔다.

이번에는 에포나 혼자였다. 용사의 동료가 되라고 명받은 우리는 불리지 않았다.

……오크와의 싸움으로 윗선의 평가가 떨어졌을지도 모른다.

점심시간이 되어 안뜰에서 식사했다.

타르트가 차를 끓이며 콧노래를 흥얼거렸다.

"이제 몸은 괜찮아?"

"멀쩡해요. 밤새 루그 님께 치료받았으니까요."

타르트가 알통을 만들었다.

타르트의 말대로, 내가 밤새 자기 치유력을 강화하기도 해서 상처는 다 나은 상태였다.

하지만 정신적인 충격을 받았을 테고 피로도 남아 있을 터라서 나는 그쪽이 걱정되었다.

그러나 타르트는 평소처럼 아침부터 도시락을 만들며 씩씩하게 굴었다.

"정말로 괜찮은 거지?"

"네, 멀쩡해요. 어제는 방심했어요. 다시는

그런 일이 없도록 더더욱 단련할 거예요! 루그 님께 받은 눈을 자유자재로 구사해야겠죠."

기합과 함께 마력이 담겼는지 컬러 렌즈를 끼고 있는데도 빛이 살짝 샜다.

"나도 그 눈을 받을까."

디아가 부럽다는 얼굴로 타르트의 눈을 보았다.

"좀 생각해 볼 문제야. 투아하데의 눈이 편리한 건 틀림없지만, 익숙해지기 전에는 마력이 줄줄 새. 디아는 마력이 많은 편이지만, 어제 같은 싸움이 벌어지면 마력이 부족해져. 마력을 소비하는 눈은 맞지 않을지도 몰라."

"읏, 확실히 눈에 보낼 마력은 없을지도. 하지만 단련하면 쓰고 싶을 때만 쓸 수 있는 거지? 그리고 마력을 담지 않아도 평범한 눈과는 비교도 안 되는 성능이고."

"그건 그래."

"그럼 역시 갖고 싶어. 어차피 그 눈을 손에 넣을 수 있다면 조금이라도 빨리 익숙해져야지. ……근데 이상하네. 타르트는 나보다 마력이 훨씬 적은데 쓰러진 걸 본 적이 없어. 지금은 익숙해졌으니까 이해하지만, 익숙해지기 전까지 마력이 줄줄 샌다면 멀쩡한 게 더 이상해."

역시 디아. 부자연스러움을 눈치챘나.

"아아, 그거요. 루그 님께 가끔씩 마력을 보급받았어요. 최근 들어서야 겨우 제어할 수 있게 돼서 빈도가 줄었고요."

디아가 내 얼굴을 보고 미소 지었다.

왠지 무서운 미소였다.

……이런. 투아하데의 비술이니까 남들한테 말하지 말라고 타르트에게 일러뒀지만, 한 식구인 디아에게 말하지 말라고는 안 했다.

"있지, 루그. 마력을 공급할 수 있다는 얘기는 처음 들었어. 그런 일이 가능하다면 왜 어제 안 해 줬어? 해 줬다면 더 활약할 수 있었는데."

"투아하데의 비술이니까. 남들 앞에서는 못 해."

"흐응…… 하지만 어떻게 그런 일이 가능한 거지? 마력의 파장을 맞추는 건 기술적으로 어렵지만 불가능하진 않아. ……아마 루그의 마력 제어 정밀도로도 20% 정도까지 감소하겠지. 아! 하지만 무한에 가까운 루그의 마력이라면 상관없나. 문제는 전달 방법이네. 직접 접촉은 필수겠고. ……전달 효율을 높이면서, 모처럼 파장을 맞춘 마력의 변용을 막으려면 그렇게 할 수밖에 없어……. 즉, 그런 거구나. 우우, 타르트만 하다니 치사해."

마력을 주고받는다는 말만 듣고 정답에 도달해 버렸다.

이래서 디아는 무서웠다.

"있지, 루그. 마력을 잔뜩 쓰는 상위 마법을 연습하고 싶은데, 상위 마법은 마력이 금방 없어져서 연습이 전혀 진전되지 않아 곤란하던 참이야."

"알겠어. 네가 원하는 만큼 마력을 공급해 줄게."

"야호. 후후. 기대된다. 마법도 마음껏 연습할 수 있고 루그와 키스도 할 수 있고. ……루그가 내키지 않는다면 다른 방식의 점막 접촉도 상관없는데.”

“그건 결혼하기 전까지 안 돼요!”

새빨간 얼굴로 타르트가 끼어들었다.

이런 이야기에 어두운 타르트에게도 무슨 뜻인지 전해진 모양이다.

……효율만을 생각하면 그 방법이 더 좋다는 말은 굳이 하지 말자.

“타르트가 화내니까 그쪽은 안 하기로 할게. 나도 조금 무섭고, 나중의 즐거움으로 남겨 둘래. 그러니까 키스로 하는 마력 공급은 제대로 해 줘.”

도망칠 길이 막혔다.

딱히 키스가 싫지는 않았다.

디아를 좋아하기에, 오히려 특혜였다. 다만 이성을 유지할 수 있을지 불안해서 피하고 있었다.

키스하면 멈출 수 없게 될 것 같아서 무서웠다.

사랑하는 디아와 키스만으로 끝내다니 피 말려 죽이는 짓이다.

정말이지 젊은 몸은 다루기 불편했다.

“디아, 이야기가 딴 길로 샜는데 정말로 눈을 갖고 싶은 거지?”

“물론이지. 마력이 보이면 마법을 제어하기 쉬워질 거야. 분명 마법 실력이 향상돼. 감각으로만 파악할 수 있는 마력을 눈으로 볼 수 있다는 건 큰 이점이야. 그리고 실전에서 후위끼리 마법으로 싸울 때도 마력이 모이는 걸 보고 예측할 수 있어서 유리해져. 오히려 나한테는 그쪽이 메인이야.”

마법사다운 생각이었다.

마력이 보이는 것은 초월적인 동체 시력과 마찬가지로 큰 이점이다.

"그럼 두 사람의 수술을 준비해 둘게."

이렇게 타르트의 나머지 눈과 디아의 눈 수술이 결정되었다.

두 사람의 성장이 기대된다.

◇

일주일 후, 에포나가 돌아왔다.

그 뒤로 묘하게 서먹서먹해졌다.

나는 물론이고 디아나 타르트와도 거리를 두려고 했다.

혼자 임무를 수행하는 동안 무슨 일이 있었던 것은 틀림없었다.

말을 걸려고 해도 에포나 쪽에서 피했다. 공부 모임에도 참가하지 않았다.

어쩔 수 없이 밤에 에포나의 방을 찾아가기로 했다.

이대로 타이밍을 계속 놓치다가 사과하지 못하게 되는 사태는 피하고 싶었다.

에포나의 방에 거의 도착했을 때였다.

요란하게 사이렌이 울렸다.

이 소리는, 습격?

기사 학원이 습격받았다는 건가.

내체 어떤 무리가 습격한 거지? 제정신이 아니다.

아무리 미숙하다고는 하지만 이 학원에는 마력 보유자가 100명 넘게 있는데.

"……아니지, 마족이 이끄는 마물이라면 가능성은 있어."

기숙사 내에 방송이 흘렀다.

당장 강당에 모이라는 내용이었다.

마물 무리가 이쪽으로 다가오고 있다고도 했다.

이번에는 오크에 더해 다종다양한 마물이 있는 듯했다.

그 규모는 저번과 비교가 되지 않았다.

"저번 오크 무리에게서 느낀 위화감이 이건가."

지난번에 오크가 보인 움직임은 부자연스러웠다.

그렇기에 정찰이자 정보 수집일지도 모른다고 의심했었다.

그렇다면 그때 저쪽은 어떤 정보를 갖고 싶어 했을지 짐작해 봤다.

가장 가능성이 높은 것은 용사 에포나의 약점. 녀석들의 목적은 용사를 없애는 것이다.

그리고 원하는 정보는 얻었다. 그렇기에 그 타이밍에 철수했고 오늘 학원을 습격한 것이다.

그렇게 생각하면 앞뒤가 맞는다.

녀석들이 알아낸 에포나의 약점은 힘을 제어하지 못해 아군에게도 피해를 주는 것, 그리고 그것을 에포나가 무엇보다 두려워하고 있다는 것이다.

이 학원이 마물로 뒤덮이면 에포나에게는 가장 싸우기 어려운 상황이 된다.

"오로지 에포나를 약체화시키기 위해 학원을 습격한 거라면 아주 우습게 보이고 있는 모양이야. 용사 한 명을 약체화시키기 위해서라면 100명 이상의 마력 보유자를 추가로 상대해도 괜찮다는 거니까."

마물은 본능대로 움직이는 짐승에 불과하지만 마족은 고도의 지혜를 가졌으며, 마물을 만들어 내는 능력과 마물을 통솔하는 능력이 뛰어나다고 문헌에 남아 있었다.

하지만 이렇게까지 생각하고 움직일 줄은 몰랐다.

"에포나!"

사이렌을 들은 에포나가 방에서 뛰쳐나왔기에 불렀다.

에포나는 뭔가를 말하려다가 그 말을 삼키고 다른 말을 꺼냈다.

"먼저 갈게. 되도록 멀리서 싸워 줘."

그건 거절의 말이었다.

그래서 나는 에포나에게 해야 할 말을 했다.

"요전번에는 미안했어. ……다시 같이 싸우자. 그럴 수 있을 만큼 강해질게. 그러니까 혼자서 싸우지 마."

그건 결의 표명이었다.

더는 짐짝이 되지 않겠다.

에포나는 돌아보지 않고 달려갔다.

말은 전했다. 이제 그 말을 증명하면 된다.

어쩌면 그 기회가 찾아올지도 모른다.

마물 군세가 쳐들어와서 온 학원이 크게 소란스러워졌다.

강당에 학생 대부분이 모였다.

엘리트 상급생들과 에포나는 이곳에 없었다.

상급생 중에서도 유력한 팀은 이미 마물을 요격하러 간 상태였다.

교관이 단상에 올라 입을 열었다.

"제군, 이렇게 모이라고 한 것은 다름 아니라 마물 무리가 이 학원을 노리고 있기 때문이다. 남쪽을 제외한 세 방향에서 마물 수백 마리가 접근 중이며 지금도 숫자는 계속 늘어나고 있다. 오크와 고블린의 혼성 부대다. ……거의 확실하게 마족이 있다."

그렇겠지. 마물은 순간 이동을 못 한다.

마물을 만들어 내고 통제할 수 있는 고위 마족이 있다면 갑자기 마물이 나타난 이유도 납득이 간다.

"기사단 출동을 요청했지만 도착하려면 빨라도 한절이 걸린다. 그러나 적은 이미 코앞이다. 즉, 우리끼리 어떻게든 해야만 한다."

기사단이 한나절 만에 도착한다는 것은 희망적인 관측에 불과했다.

애초에 이 학원 자체가 요새고 본래는 전력을 파견하는 측이다. 게다가 학원이 노려지고 있다는 것은 근처에 있는 왕도도 위험하다는 뜻이었다.

왕도의 안전이 보장되지 않는 한, 이쪽에 전력은 오지 않는다.

"제군, 각오를 다져라. 도망칠 곳은 없다. 사력을 다해라. 이건 총력전이다. 힘이 없는 자는 힘이 없는 대로 싸워라. 전원이 힘을 발휘해야 이길 수 있다."

강당이 고요해졌다.

하급생 중에는 덜덜 떨고 있는 자도 있었다.

느닷없이 이런 아수라장에 떠밀려 나왔으니 어쩔 수 없었다.

교관은 설명을 계속했다.

상급생 한 명당 하급생이 5~10인씩 붙어서 행동한다는 모양이다.

그 지시를 따라 싸운다.

그리고 만약 마족을 발견하면 즉시 연락한다. 마족과의 교전은 금지.

……마왕과 마족은 용사만이 죽일 수 있기 때문이다.

각자 흩어져 상급생 곁에 모였다.

그런 가운데 예외가 있었다.

"설마 우리만 상급생에게 보호받지 못할 줄은 몰랐어."

엷게 웃었다.

다른 팀이 상급생 + 하급생으로 편제된 가운데 우리는 에포나를 제외한 평소의 멤버였다.

"나는 상관없어. 능력 있는 녀석에게 인원을 할애할 여유가 없다는 걸 테고, 이편이 싸우기 편해."

노이슈의 이 말은 반쯤 허세였다.

지난번 싸움으로 노이슈는 자신감을 잃었고 그 영향이 여전히 남아 있었다.

상급생이 하급생을 이끌고 강당을 나갔다.

이미 상급생들에게는 지시가 내려져서 그걸 하급생에게 전한 후 움직이기 시작한 것이다.

넓은 강당에 우리만 남았다.

하지만 우리에게는 아무런 지시도 없었다.

그때 교관이 다가왔다.

"제군들에게는 특별한 임무를 주겠다. 일반 학생 앞에서는 말할 수 없었지만, 소모전이 되면 우리는 확실하게 진다. 믿을 구석인 용사는 한 명밖에 없으니까."

에포나는 영구 살육 기관이지만 한 방향만을 지킬 수 있다.

그런데 적군은 왕도가 있는 남쪽을 제외한 모든 방면에서 쳐들어온다.

증원되는 수도 끝이 보이지 않는다.

에포나 외에는 몇 시간 만에 탈진할 테고, 에포나가 없는 방면이 붕괴될 것은 뻔히 보였다.

이건 우연이 아니다. 그렇게 되도록 마족이 전략을 짰다.

"승리 조건은 하나뿐이다. 우리 쪽이 소모되어 어딘가가 돌파되기 전에 마족을 찾아내고 용사가 쓰러뜨린다. 너희의 임무는 하나, 마족을 발견하는 것이다."

그것밖에 없다.

마족을 쓰러뜨리기만 하면 마물은 늘어나지 않고 통솔도 잡히지 않게 된다.

그렇게 되면 마침내 승산이 보인다.

이곳에 있는 면면을 마주 보며 서로 고개를 끄덕였다.

"알겠습니다, 교관님. 방어하면서 마족 수색을 최우선으로 하겠습니다."

"기대하마."

아마 상급생으로만 이루어진 팀에도 똑같은 명령이 떨어졌을 것이다.

◇

싸움이 시작됐다.

우리가 있는 곳은 동쪽이었다. 적의 수가 가장 많은 북쪽을 에포나가 지키고, 나머지 방향에 전력이 균등하게 할당되어 있었다.

학원에서 볼 때 남쪽, 즉, 왕도 방면만 습격이 없는 것은 그쪽에 마물을 보내면 왕도에서 전력이 파견되리라고 봤기 때문이리라.

왕도를 지키기 위한 전력은 내보낼 수 없다. 그래도 학원과 왕도 사이에 마물이 출현하면 전력을 방출한다.

거기까지 알고 있는 것이라면 마족은 인간을 매우 깊이 이해하고 있다는 뜻이 된다.

동쪽에는 방위선이 두 개 있었다.

첫 번째 방위선은 꽤 전방이었는데 상급생으로만 편제된 팀이 사자분신의 싸움을 벌이고 있었다.

수준 높으면서도 효과적으로 움직이는 그들의 실력은 지금 당장 기사단에 소속되어 활약할 수 있는 레벨이었다.

그들은 적을 놓치더라도 신경 쓰지 않고 무리하지 않으며 체력과 정신력의 소모를 억제하고 있었다.

그렇게 첫 번째 방위선을 빠져나온 마물들은 제2진이 대응했다.

상급생이 통솔하는 하급생 팀이 제2진을 지켰다.

잘 싸우고 있었다.

경험이 부족한 하급생을 상급생이 잘 이용하고 있었다.

할 일을 명확히 하고 할 수 있는 일만을 시키는 점이 좋았다.

"우와, 역시 선배들은 믿음직스럽네."

제2진의 후방에서 마법을 날리며 디아가 감탄했다.

하급생들을 감독하는 상급생들은 지시뿐만 아니라 보조도 정확했다.

우리는 지금 제2진에서 싸우고 있었다.

일단은 상황을 보는 중이었다. 상황은 대충 알았다. 슬슬 움직이자.

"노이슈, 디아, 타르트, 제1진으로 가자. 기억하지? 여기 오기 전에 얘기했던 방법으로 마족을 찾는 거야.”

마족을 찾기 위해서는 앞으로 나가야 했다.

하지만 그건 위험을 동반한다.

“네, 가요.”

“에포나의 힘이 되어 줘야지.”

“이것 참, 타르트와 디아가 그렇게 말하면 꼴사나운 말은 못 하잖아. 나도 갈게. ……너희를 따라가면 성과를 얻을 수 있을 것 같고 말이지.”

믿음직한 동료들이다.

이들과 함께라면 싸울 수 있다.

◇

앞으로 나와 계속 싸웠다.

격전이었다.

……지난번에 싸웠던 오크보다도 강했다.

마력으로 신체 능력을 강화했다.

그 강화 폭을 평소의 「일반인치고는 강한 수준」에서 「일반인의 한계에 가까운 수준」까지 올렸다.

“타르트, 눈은 잘 쓰고 있어?”

“물론이죠. 저번 같은 실수는 이제 안 해요. 디아 님은 어떠세요?”

“……나도 괜찮아. 완전히 차단했어.”

두 사람에게 준 투아하데의 눈이 부작용을 일으키지는 않았을지 걱정이었다.

타르트는 이제 익숙해졌고, 디아는 마력 조작이 능숙했다. 걱정은 기우였던 모양이다.

앞으로 나와서도 안전하게 싸우고 있었다.

우리의 움직임은 상급생과 비교해도 손색이 없었다.

아니, 오히려 더 뛰어나다고 해도 좋았다.

우리가 가세하면서 적을 섬멸하는 속도가 단숨에 올라갔다.

상급생 한 명이 우리를 향해 웃었다.

"괴물 같은 1학년이 있다고 들었는데 너희인가. 굉장한 실력이야. 믿음직해!"

"감사합니다. 선배님들이 도와주셔서 편하게 싸우고 있습니다."

"하하하, 후배를 지키는 게 선배의 본분이지. 하지만 너희, 그렇게 날뛰면서 버틸 수 있겠어?"

선배가 말한 대로 우리는 페이스 배분을 생각하지 않고 전력으로 싸우고 있었다.

"오래 버틸 생각이 없으니까요. 저희의 임무는 마족 수색, 그걸 위해 필요한 일을 하고 있습니다."

"수색…… 그렇게 된 건가. 어이, 글란츠, 바하르, 레이나. 5분만 전력으로 싸워. 후배의 작전을 돕는다! 이 흐름과 기세라면 5분이면 충분하겠지."

"알겠어."

"나도 그 방법을 생각했었는데 설마 후배가 먼저 실행할 줄이야."

"믿음직한 후배네. 선배님들한테 맡기렴."

선배들도 리미터를 해제하고 무시무시한 기세로 마물을 없애기 시작했다.

역시 엘리트팀.

조금 전의 한마디로 내 목적을 알아차릴 줄은 몰랐다.

싸움이 시작된 지 두 시간이 지났다.

고작 두 시간 지났는데 상황은 점점 나빠지고 있었다.

부상자가 나오기 시작했다.

부상자는 뒤로 물러나지만, 인원수가 줄어든 만큼 남은 학생들의 부담은 커져서 실수하고 부상자가 더 늘어나는 악순환이 되풀이되었다.

휴식하기 위한 로테이션도 이뤄지지 않게 된 상태였다.

적이 강하고 너무 많았다.

마족을 발견하여 용사 에포나를 부르지 않는 한, 어떻게도 되지 않는다.

더는 유예가 없었다.

이 이상 꾸물대다가는 도박에 나설 여유조차 사라진다.

그렇기에 지금 도박에 나선다.

타르트와 디아에게는 이미 페이스 배분을 생각하지 말고 전력으로 싸우라고 했고, 나도 【초회복】을 의지한 빠른 페이스로 마물을 죽이고 있었다.

그게 바로 마족을 발견하는 데 필요한 일이기 때문이다.

마족이 마물을 계속 만들어 내고 있기에 아무리 죽여도 적이 줄어들지 않았다.

하지만 냉정히 생각해 보면 알 수 있다.

마물을 만들어 내는 마족은 아마 한 마리일 테고, 마족이 만들어 낸 마물은 거기서 이동하여 전장에 오고 있다.

증원이 오는 길을 따라가면 그 끝에 마족이 있을 터다.

싸우면서 그 길을 계속 찾았다.

적도 바보가 아니다. 잘 은폐해서 수색하는 데 난항을 겪었다.

그래서 대규모 증원이 필요한 상황을 만들 필요가 있다고 생각하여 단숨에 마물의 수를 줄였다.

노림수는 적중했다. 대량으로 증원을 보낸 탓에 은폐가 조잡해지면서 마침내 마족에게 가는 길을 찾았다.

"타르트, 디아, 노이슈. 난 마족 곁으로 가겠어. 발견하면 신호탄을 쏠게. 너희는 여기서 전선을 지원해 줘."

"그럴 수가, 혼자 가시는 건 너무 위험해요."

"혼자서만 할 수 있는 일도 있어. ……여기서부터는 본업(암살자)의 영역이야."

적의 증원을 따라가 근본인 마족을 찾는다.

그건 방위선 너머 적진 속을 고립무원 상태로 돌진한다는 뜻이다.

물론 적을 해치우며 앞으로 나아가는 기예는 불가능하다.

들키지 않고 적의 흐름을 거슬러 오르는 은밀성과 속도가 요구

된다.

그건 암살(특기 분야) 기술이 효과를 발휘한다.

혼자가 바람직했다.

“아직 저는 쫓아갈 수 없는 거군요. 그럼 여기서 루그 님이 돌아오실 곳을 지키겠어요.”

“다쳐서 돌아오면 화낼 거야.”

“맡겨 줘. 그리고 디아, 타르트. 이럴 때 미안하지만 축복의 키스를 해 주면 안 될까? 아무리 나라도 저 군세에 돌입하는 건 무서워.”

“네, 물론이죠.”

“루그는 어쩔 수 없네.”

두 사람과 키스하여 마력을 보냈다.

축복은 구실이었다. 두 사람 다 무리해서 마력을 꽤 소모한 상태였다.

마력 보급이 필요했는데 이렇게 하면 자연스럽게 키스로 마력을 공급할 수 있었다.

전장 한복판에서 뭐 하는 짓인가 싶긴 하지만, 연료가 떨어진 채로 두 사람을 방치하는 것보다는 훨씬 나았다.

“다녀올게.”

“힘내세요!”

“돌아오면 평범한 키스를 하자.”

두 사람에게 미소 지은 후, 심호흡하고서 달리기 시작했다.

마물 무리로 돌입하여 빠져나갔다.

마족은 어떤 생물일까.

조금 흥미가 일었다.

마물의 증원이 오는 길을 따라갔다.

나는 쓰러뜨린 마물의 피를 뒤집어써서 자신의 냄새를 지우고 기척을 숨기며, 길을 놓치지 않는 선에서 최대한 거리를 둔 채 나아갔다.

신중하면서도 대담하게 전진했다.

들켜서 전투가 벌어지면 귀찮아진다.

한번 들키면 싸우는 동안 증원이 와서 감당할 수 없게 될 것이 눈에 보였다.

……간담이 서늘해졌다.

그렇게 약 3km쯤 나아가니 그것이 있었다.

겉모습은 오크지만 다른 오크와는 확연하게 차림이 달랐다.

마수의 가죽으로 만든 갑옷을 입었고 전신에 오래된 흉터가 있었다.

백발과 긴 수염이 어우러져서 역전의 노전사 특유의 분위기를 풍겼다.

그 녀석이 턱을 완전히 빼고 크게 입을 벌렸다.

그러자 그 입안에서 오크와 고블린이 기어

나왔다.

그로테스크한 광경이었다.

“별로 보기 좋은 광경은 아니네.”

저렇게 수를 계속 늘리고 있으니 아무리 시간이 지나도 싸움이 끝나지 않는 것이다.

포셰트에서 신호탄을 꺼냈다.

마족을 수색하는 임무를 받은 자에게 학원 측에서 특별히 준 물건이었다.

도화선에 불을 붙였다.

로켓 폭죽처럼 뾰족한 끝부분이 날아가 상공에서 빨간빛을 내며 폭발했다.

이거라면 몇 킬로미터 떨어져 있어도 보인다.

에포나는 바로 올 터다.

문제가 있다면…….

“뭐, 이렇게 되겠지.”

오크와 고블린 무리가 일제히 덤벼들었다.

방금 쏜 신호탄으로 용사에게 위치를 알린 것은 좋지만, 당연히 적에게도 내 위치를 알리게 됐다.

거리를 두고 쐈다면 안전했겠지만 그러면 정확성이 떨어진다.

심지어 이 자리를 벗어날 수 없었다. 마족으로 보이는 오크 노전사가 이동하면 신호탄을 쏜 의미가 없어진다.

근처에서 계속 감시해야 했다.

몸이 가벼운 고블린이 마치 원숭이처럼 나뭇가지 사이를 뛰어 육박했다.

공중에 뛰어오른 순간, 단검에 미간이 꿰뚫린 세 마리가 추락했다.

내가 있는 곳은 숲속이라 몸집이 큰 오크는 나무들 때문에 움직이기 어려웠다.

그래서 영창할 시간이 있었다.

"【화염 폭풍】."

화염 폭풍으로 두꺼운 피부까지 깡그리 태웠다.

마법 정밀도를 높여서 폭풍 속에 모든 열을 가둬 불똥이 튀지 않는 화염 우리를 완성시켰다.

오크 두 마리를 오크 구이로 만들었다.

하지만…….

"새 발의 피인가."

고블린도 오크도 수백 마리 있었다.

이렇게 몇 마리 쓰러뜨려 봤자 아무런 의미도 없었다.

눈을 감고 섬광 구슬을 꺼내 던졌다.

세계가 새하얗게 물들었다. 그 한순간을 틈타 나는 전력으로 도약하여 숨었다.

내가 있던 곳을 마물들이 찾았다.

색적 능력은 그리 높지 않아 보여서 다행이었다.

……자, 그럼 용사님이 올 때까지 숨어 있기로 하자.

◇

감시하며 정기적으로 위치를 바꿔 계속 숨었다.

현재로서는 들킬 것 같지 않았다.

하지만 묘했다. 이번 습격의 전략적인 움직임을 보건대 이 마족은 상당히 지능이 높다.

아까 내가 쏜 것이 용사를 부르는 신호탄임을 알고 있을 터다.

그런데 왜 안 움직이지? 주의 깊게 살펴보자. 뭔가 있을 터다.

그러고 보니 증원으로 나가는 마물만 있는 게 아니라 돌아오는 마물도 있었다.

자세히 보니 뭔가를 들고 있는 것 같았다.

커다란 마대 같았는데 가끔씩 꿈틀거렸다.

마족의 지시로 오크가 마대를 열자 마비독에 당했는지 움직이지 못하게 된 학생이 있었다.

"그렇게 된 건가."

원래 오크에게는 암컷을 납치해 임신시켜서 수를 늘리는 특성이 있다.

그 특성을 이용하여 학생을 잡아 오게 한 것이다.

……방패로 삼기 위해.

이 방패를 준비한 것은 저번 습격으로 에포나의 약점을 알았기 때문이리라.

용사가 아군에게 피해 주는 것을 무서워한다는 사실을 알고 실

행한 작전이다.

용사를 맞이할 준비가 되어 있기에 장소가 알려졌는데도 도망치지 않는 것이다.

……위험한데. 에포나가 오기 전에 구출할 수 있을까?

"한두 명이라면 어떻게든 되겠지만. 스물세 명인가."

불가능하다. 인질에게 접근해 오크를 쓰러뜨릴 수는 있겠지만, 스무 명이 넘는 인질을 혼자서 회수하여 여기까지 도망치는 건 현실적이지 않다.

폭음이 들려서 그쪽을 보았다.

"마침내 찾았어. 나의 적. 나는 너를 죽이고 사명을 다하겠어. 나는 제대로 된 용사가 돼서 미레이와 약속한 대로 알반 왕국을 지킬 거야."

방법을 생각하는 사이에 에포나가 와 버렸다.

에포나가 지나온 흔적이 길이 되어 있었다.

풍압으로 주위에 있는 것들이 날아가고 밟은 지면에 크레이터가 생겨나 있었다. 변함없이 파격적인 힘이었다.

오크 무리가 웃었고 노전사풍 오크…… 마족이 앞으로 나갔다.

"이번 용사는 미숙하군. 미숙해, 미숙해. 그저 용사로 선택되었을 뿐인 어린아이야."

"그럴지도 몰라. 하지만 나는 완수해 낼 거야."

"오오, 용맹해라. 모처럼 만났으니 내 이름을 알려 주지. 뭐, 너희에게 이름을 말해도 알아듣지 못할 테니 너희의 언어로 말해 주

마. 오크 제너럴. 궁극의 오크다."

이쪽에 맞췄다는 것은 뉘앙스가 같은 말을 골랐다는 뜻이다.

오크 장군. 실로 알기 쉬운 통솔자였다.

"……에포나, 용사 에포나."

"허허허. 에포나, 기억했다. 그럼 바로 용사를 처리하기로 할까. 다들 깨어나기 전에 점수를 벌어 둬야지."

점수를 번다. 다들 깨어나기 전에. 아무렇지도 않게 한 말이지만 중요한 말일 터. 대체 무슨 의미지?

그런 의문을 품는 사이에 싸움이 시작됐다.

강인한 오크 무리가 에포나에게 달려들었다.

하지만 에포나는 아랑곳하지 않았다.

날벌레라도 쫓아내듯 짜증스럽게 팔을 한 번 휘두르자 몇 마리가 통째로 찢어지며 날아갔고, 마법조차 아닌 단순한 마력 뭉치에 오크가 흩어졌다.

압도적인 힘. 그런데도 오크 제너럴은 웃고 있었다.

웃으며 입을 벌려 오크를 계속 만들어 냈다.

에포나의 움직임이 나빠졌다. 오크들이 납치한 학생들을 방패로 삼기 시작했기 때문이다.

그 추한 배에 학생들을 끈으로 동여매고 있었다.

"비겁한 놈!"

"전략이지. 용사 같은 괴물과 착실하게 싸울 수는 없으니까."

오크 제너럴이 껄껄 웃는 소리가 들렸다.

그런 가운데, 에포나는 학생들이 다치지 않도록 싸웠다.

애초에 에포나는 너무 강해서 섬세한 제어를 못 했다. 제대로 싸울 수 없었다.

그래도 불합리한 방어력으로 열세에는 빠지지 않는 부분이 용사다웠다.

"흠, 굳이 말하지 않아도 알 줄 알았는데…… 이해를 못 한 모양이니 말해 주지. 싸움을 멈추지 않으면…… 어떻게 될지 알겠지?"

오크 제너럴이 신호를 보내자 한 남학생이 오크에게 먹혀 절명했다.

에포나는 어금니를 악물고 오크 제너럴을 노려보았다.

하지만 싸움은 멈추지 않았다.

"음, 용사는 피도 눈물도 없군."

"내가 지면, 어차피 죽어."

에포나의 성격상 당연히 저쪽의 요구를 따를 줄 알았는데 현실을 볼 줄 알았다.

에포나의 말대로 용사가 죽으면 끝이니 인질을 신경 쓸 필요는 없었다.

……저번 싸움에서 자기 때문에 타르트가 다쳤다며 우울해했던 인간과 동일 인물로 안 보였다. 에포나는 아군이 다치는 것이 싫은 게 아니라 어디까지나 자기 손으로 죽이는 것을 기피하고 있었다.

"으하하하하하하, 그렇지, 그렇지, 그렇지. 바보는 아닌 모양이구나. 그런데 왜 그렇게 움직임이 나빠질까."

인질을 동여맨 오크들만 앞으로 나왔다.

에포나는 서툴지만 인질을 피하며 싸웠다.

역시나. 에포나는 자신이 살인자가 되는 것을 극단적으로 두려워하고 있었다.

표정을 보면 무슨 생각을 하는지 알 수 있었다. 차라리 인질을 죽여 주면 좋을 텐데. 그러면 자신이 죽일지도 모르는 상황에서 해방될 텐데.

그런 싸움을 계속하는 사이에 에포나의 모습이 이상해졌다.

점점 조잡해졌다. 눈이 빛나고, 입꼬리가 올라가고, 마력이 충만해지고, 근육이 부풀어 올랐다.

피와 싸움에 취했다.

"짜증 난다고오오오오오오오오오오오오오오."

그리고 마침내 전력으로 주먹을 휘둘렀다.

인질과 함께 오크를 꿰뚫었다.

"으아아아아아아아아아아아, 나는, 또 나는."

그렇게 비명을 지르는 에포나를 보고서 오크는 더더욱 보란 듯이 인질을 내세우며 덤벼들었다.

에포나는 거의 무의식적으로 반격하여 또 사람을 죽였다.

얼굴이 창백해져서 덜덜 떨었다.

……싸우는 동안 어떤 보유 스킬 때문에 이성이 사라졌고 살인의 충격으로 정신을 차렸다.

그 자리에서 토하더니 끝내는 주저앉았다. 이래서야 더는 싸울 수 없다.

"역시 보고 있을 수 없네."

나 혼자서는 인질을 구할 수 없었다.

하지만 에포나가 있는 지금이라면 구출할 수 있다. 나도 그저 보고만 있던 것은 아니다. 에포나를 위해 인질을 해방하고자 관찰하고, 작전을 짜고, 타이밍을 가늠하고 있었다.

나도 참전한다. 한 번은 실패했던 약속을 완수하고 그날 일을 사과하기 위해.

에포나를 돕기 위해 영창을 시작했다.

"【배치(세트)】."

다른 차원에 무기를 수납하는 【두루미 혁낭】에서 스무 자루…… 살아남은 인질 수 +1만큼 총을 꺼내고 자기를 조종하는 땅 마법으로 공중에 설치했다.

【두루미 혁낭】을 연구하여 특정 물건만을 임의의 수만큼 동시에 꺼내는 기술을 익힌 상태였다.

포가 아니라 총을 꺼낸 것은 이 상황에서 포는 위력이 너무 커서 인질이 말려들기 때문이었다.

총신에는 팔석을 분말로 만든 가루가 담겨 있었다.

총은 그만큼 섬세한 위력 조정이 필요했다. 조금만 분량을 잘못 맞춰도 총신이 버티지 못하고 터진다.

총의 우위성은 핀 포인트 사격과 빠른 대응이 가능하다는 점이었다.

그리고 위력이 적은 만큼 반동이 적었다. 그

래서 공중에 고정하여 사격하는 것도 가능했다.

그렇기에 이런 상황에서는 유효한 수단이 되었다.

"【조준】."

자기장에 떠오른 총 하나하나가 방향을 바꿔 조준을 맞췄다.

총 스무 자루를 동시에 조준하는 일은 일반인에게 불가능하지만, 의도적으로 뇌에 계속 부하를 걸고, 그것을 【초회복】으로 치유하고, 【한계 돌파】로 성장 한계가 없는 내 뇌라면 쉬운 일이다.

환경 요소를 전부 계산하여 모든 총이 조준을 완료했다.

"【일제 사격(풀 파이어)】."

편의상 포는 일제 포격, 총은 일제 사격이라고 했다.

마력을 주입하자 팔석 파우더가 임계에 달하며 사격.

텅스텐 탄환 스무 발이 발사되었다.

그것들은 전부 인질을 몸에 동여맨 오크의 머리만을 날렸다. 합계 열아홉 마리.

용사도 할 수 없는 고위력 초정밀 동시 사격이었다.

피와 뇌척수액을 튀기며 머리가 날아간 오크들이 차례차례 쓰러졌다.

……한 발은 만에 하나 통한다면 행운이라는 생각으로 마족인 오크 제너럴에게 쐈지만, 탄환이 이마에 절반쯤 박힌 채 멈춰 있었다. 역시 단단했다.

"에포나! 인질을 회수해."

나는 외쳤다. 나 혼자서 구출할 수 없었던 것은 저 인원수를 둘

러업고 오크 무리로부터 도망칠 수 없었기 때문이다.

인질을 옮기는 오크를 전부 죽이는 것 정도는 가능했다.

"루그?"

"빨리!"

여전히 파랗게 질린 얼굴로 에포나가 인질들을 회수했다.

오크도 인질을 되찾으려고 했지만 에포나가 훨씬 빨랐다.

이로써 에포나는 싸울 수 있을 터다.

하지만 대가로 암살 대상에게 카드를 한 장 보여 줬다.

후회는 하지 않는다. 에포나와 인질을 구하려면 이 방법밖에 없었다.

"호오, 복병인가. 아까 신호탄을 쏜 것도 너인가? 덕분에 내 작전은 실패야. 뭐, 좋다. 다음으로 넘어가지. 이걸로 끝이다. 허허허."

오크 제너럴은 등을 돌리고 달려갔다.

둔중해 보이는 겉모습과는 달리 매우 빨랐다.

그리고 시간을 벌기 위해 남은 오크들이 우리 쪽으로 왔다.

……지금까지의 행동을 보건대 용사를 죽이는 것이 목적일 터. 뭘 하려는 거지.

생각하고 있을 시간은 없었다. 일단은 대처다.

"에포나, 뭐 해. 잔챙이를 정리하고 마족을 쫓아야 해. 저 녀석이 있는 한, 적은 계속 늘어나."

"으, 응, 알고 있어. 알고 있지만."

싸우려고 하다가 에포나가 토했다. 에포나는 구출한 인질을 바라

보고 있었다.

아까 인질을 죽여 버린 탓인가.

그 일에서 벗어나지 못하고 있었다.

……아무래도 에포나를 의지할 수는 없을 듯했다.

“알겠어. 거기서 쉬고 있어. 이 녀석들은 내가 해치울게.”

“으가아아아아아아아아아아아아.”

“죽인다아아아아아아아아아아아아.”

그렇게 선언하고 예순 자루, 아까의 세 배, 제어할 수 있는 최대한의 총을 꺼내 【일제 사격】을 준비했다.

용사에게 한 번 보여 준 카드다. 새삼 망설일 필요도 없었다.

◇

몇 분 후, 달려든 오크들을 어떻게든 섬멸했다.

하지만 오크 제너럴은 완전히 보이지 않게 되어 버렸다.

“루그는 이렇게나 강했구나. 몰랐어.”

지친 표정으로 에포나가 말했다.

“위급한 상황에서 나오는 초인적인 힘이야. ……그보다 마족을 놓쳤어. 조금 조사해 볼게.”

투아하데의 눈을 한계까지 강화하고 이 근처에서 가장 키가 큰 나무에 올랐다.

그리고 그 녀석이 도망친 방향을 보았다.

다음 작전이 있다고 했지만…….

그렇군, 그런 거였나.

나무 위에서 보이는 광경에 입술을 깨물었다.

"퍼져 있던 전력이 한곳에 모이고 있어. 엄청난 군세야."

용사 에포나에게 괴멸당할 것을 우려하여 분산시켰던 전력이 한곳에 모여 오크 제너럴을 중심으로 천천히 진군을 개시하려고 했다.

학원 측도 요격하고자 전력을 모으고 있었다.

10분도 안 돼서 대접전이 벌어진다. 그게 바로 녀석이 노리는 바였다. 에포나가 동료를 죽이지 못한다는 것을 다시금 확신했기에 대혼전을 노리고 전력을 한곳에 집중했다.

그 모습을 에포나에게 전했다.

"가자. 네가 안 가면 학원 사람들이 전부 죽어."

그 말을 들어도 에포나는 움직이지 않았다.

손을 잡아당겼지만 그 손을 뿌리쳤다.

"그런 거, 무리야. 그런 상황이면, 모두 말려들게 될 거야. 난 싸우는 게 서투니까. 그리고 나는 점점 뜨거워져서, 이성을 잃고, 아까처럼, 아무것도 보이지 않게 돼서 힘껏 힘을 휘두르고, 또, 죽일 거야. 미레이처럼!! 모두를, 모두를, 분명, 루그도."

그렇게 말하고 주저앉았다.

"약속 잊었어? 나는 안 죽어. 그리고 그렇게 되면 내가 막겠다고 했잖아."

"무리야. 루그는 날 막을 수 없어. 저번에도 그랬잖아. 누구도 나를 막을 수 없어. 나는 더 이상 죽이고 싶지 않아."

울면서 웃으며 내 얼굴을 보았다.

……그랬지. 저번에 나는 실패했다. 에포나를 막겠다고 했는데 막지 못하고 타르트를 다치게 했다.

심호흡하여 생각을 정리하고 각오를 다졌다.

이대로 가면 오크 무리가 학원을 집어삼킨다.

타르트도 디아도, 같은 반 친구들도 죽는다.

이기려면 에포나의 힘이 필요하다.

하지만 에포나는 일어나지 못한다.

아마 여기서 어떤 말을 해도 에포나는 일어나지 않을 것이다.

말만으로는 부족하다면 행동과 성의로 나타내자.

"한 번만 더 기회를 주지 않을래? 다음번에야말로 약속을 지킬게. 사실 나는 진짜 실력을 발휘하지 않았었어. 지켜봐 줘. 지금부터 내가 너를 막을 수 있을 만큼 강하다는 걸 보여 줄 테니까."

약속하고 달려 나갔다.

아무런 제한 없이 한계까지 강화하고서.

무한한 마력 중에서 내가 낼 수 있는 최대 출력. 일반인의 열 배를 넘는 마력이 흘러넘쳤고 그것들이 전부 낭비되는 것 없이 신체 능력 강화에 쓰였다.

더는 숨기지 않겠다.

"굉장해. 그게 루그의 힘."

에포나가 그걸 보고 단순한 허세가 아님을 알아챘다.

하지만 믿어 달라고 하기에는 부족했다. 내 전력으로 오크 무리를 섬멸한다.

마족을 죽이는 건 무리여도 그 외에는 어떻게든 하겠다.

그리하여 에포나의 신뢰를 되찾겠다. 에포나가 나를 믿는다면 마족과 싸울 수 있을 것이다.

소중한 것, 디아와 타르트를 지키기 위해, 그리고 친구(에포나)와 한 약속을 지키기 위해 나는 망설이지 않고 지금 가진 카드를 전부 보이겠다.

그리고 카드를 보였다면 또 새로운 카드를 만들면 그만이다.

나는 마물 무리를 향해 달렸다.

에포나는 조용히 따라오고 있었다.

내가 한 약속, 『에포나를 막을 수 있을 만큼 강하다는 증명』을 지켜보기 위해.

달려 나감과 동시에 영창을 시작했다.

……평범하게 싸워서는 저 군세를 이길 수 없다.

그러니 내가 가진 최강의 광범위 섬멸 마법을 쓴다.

신창【궁니르】.

고도 1000km까지 상승한 후 자유 낙하한다는 성질 때문에 착탄에 10분 이상 걸린다는 것이 약점이었다.

그래서 핀 포인트에 창을 떨어뜨리는 것은 불가능에 가까웠다.

하지만 용사급 괴물이 아니라면 직격하지 않아도 죽일 수 있다.

마물 무리로 떨어뜨리기 위해 텅스텐 창을 하늘로 날렸다.

여러 개를 때려 박을 수 있을 민큼 마력은

무궁무진했다.

적군을 향해 달리면서 신창을 계속 날렸다.

적군과 500m 떨어진 곳에서 발을 멈췄다.

이 이상 다가가면 【궁니르】에 휘말린다.

오크와 고블린 무리가 진군을 시작한 상태였다.

위험을 각오하고 이쪽으로 유인해야 했다.

이 이상 진군시키면 그 앞에서 방위선을 구축 중인 학원의 동료들이 말려든다.

이곳이 아군을 끌어들이지 않고 전력을 발휘할 수 있는 최종 라인이었다.

"힘을 아끼지 않겠어!"

포셰트에서 팔석을 꺼내고 마력을 담아 임계 상태로 만들었다. 마법으로 활과 화살을 만들어 화살의 부속 장치에 팔석을 달아 쐈다.

"가라!"

마력을 이용한 신체 능력 강화를 전제로 만들어져서 장력이 매우 강한 활시위는 팔석 달린 화살을 500m 앞으로 날렸다.

진군을 시작한 오크들의 최전방에 팔석이 착탄하고 폭발했다.

팔석에 담긴 마력은 불 속성 70%, 바람 속성 20%, 땅 속성 10%.

이 비율이 가장 파괴력이 있었다.

터진 팔석에서 불길이 치솟고, 바람이 불길을 부추겨 폭발을 일으키며, 폭풍이 쇳조각을 주위로 날렸다.

오크와 고블린들이 몇십 마리씩 학살되었다.

300인분의 마력을 담은 폭발은 장난이 아니었다.

멈춰 서서 잇따라 팔석 화살을 쐈다.

첫 번째와 똑같이 최전방에.

중앙을 노리는 편이 많은 마물을 죽일 수 있겠지만, 내 목적은 발을 묶어 이 이상 학원에 접근시키지 않는 것이었다. 이거면 된다.

그리고 이건 학원 측에 대한 경고이기도 했다. 이쪽으로 오지 말라고. 다가오면 이어질 진짜 공격으로 아군을 죽이게 된다.

내가 의도한 대로 마물과 학원 측은 진군을 멈췄다. 마물 군세가 기괴한 소리를 지르며 대참사를 일으킨 나를 향해 밀어닥쳤다.

포셰트 속 팔석은 다 썼다.

【두루미 혁낭】에서 보충해야 했다.

하지만 그보다 먼저 내가 준비한 진짜 공격이 떨어졌다.

"받아라, 신창…… 【궁니르】."

하늘에서 신의 창이 쏟아졌다.

대지가 갈라지며 바닥이 보이지 않을 만큼 깊은 방사형 크레이터가 생기고 흙이 해일을 일으켰다.

아득한 저편, 상공 1000km에서 100km의 질량이 자유 낙하하여 초속 4000km로 가속해 최강의 질량 무기가 된다.

미국이 개발하려고 했던 핵 이상의 위력을 가진 통상 병기.

그것을 마법으로 재현한 최대 최강의 필살기였다.

착탄점의 반경 100m 이내에 있던 마물은 흔적조차 남지 않았다. 착탄점에서 떨어진 곳에 있던 마물도 충격파와 돌멩이, 흙의 해일에 휩쓸렸다.

한 방에 이 정도였다.

둘, 셋, 넷, 미리 하늘로 날렸던 나머지 신창 아홉 개가 쏟아졌다.

도망칠 곳이 없도록 착탄 포인트를 계산했다.

사방팔방에서 흙의 해일이 발생해 마물 무리를 덮치며 한 마리도 놓치지 않고 마물을 유린했다.

"이게 루그의 진정한 힘. 나도 이런 일은 못 해."

두려움조차 섞인 에포나의 목소리가 뒤에서 들려왔다.

용사에게 이런 말을 들었으니 자랑스러워해도 좋을 것이다.

하지만 죽일 상대에게 카드를 보여 주고 말았다.

힘을 하나 쓸 때마다 용사를 죽이기 어려워진다.

그건 알고 있다.

그래도 소중한 것을 지키기 위해 필요한 일이었다. 마지막 순간까지 용사를 죽이지 않고 세계를 구하겠다고 각오도 했다.

잔챙이는 나도 해치울 수 있다.

하지만 마족은 그렇지 않다.

에포나가 일어서 주지 않으면 어떻게도 할 수 없다.

나는 디아를, 타르트를, 이 학원을 지키고 싶다.

"이래도 살아남는 마물이 있을 줄이야."

【궁니르】의 여파가 가라앉자 흙 속에서 마물이 꾸물꾸물 기어나왔다.

합계 여덟 마리.

딱 보기에도 다른 오크와는 일선을 긋는 힘을 가진 특별한 개체였다.

이게 소문으로 들은 상급 마물인가.

여기 오기까지 못 본 것을 생각하면 마족 오크 제너럴이 마련한 비장의 카드인 듯했다.

이 녀석들은 궁니르를 직격으로 맞아야 죽는 파격적인 힘을 가지고 있을 것이다.

하지만 그것도 예상한 범위였다.

【두루미 혁낭】을 꺼냈다.

"【설치】."

【두루미 혁낭】에 숨겨 뒀던 포대를 꺼냈다.

아까 인질을 구출할 때 쓴 총도 이것과 비교하면 장난감이었다.

120mm 전차포 크기의 포대가 스파이크로 대지에 고정되었다.

그 거대한 통 속에는 부숴서 위력을 억제한 팔석 파우더가 아니라 일반인 300명분의 마력이 담긴 팔석이 통째로 들어 있었다.

프로토타입으로 만든 포는 이 두께로도 팔석 폭발을 버티지 못했다.

하지만 이 신형은 다르다.

더 두껍게 만들고, 합금을 재검토하고, 마법으로 강화까지 해서 팔석 폭발조차 버틸 수 있는 괴물이 되었다.

만들려면 수고와 시간이 들기에 즉석 영창으로는 만들어 낼 수 없지만, 수납하여 들고 다닐 수 있는 【두루미 혁낭】이 있으면 미리 만들어 둔 것을 넣을 수 있어서 운용이 가능했다.
이것 또한【두루미 혁낭】의 이점이었다.
"【조준】."
살아남은 상급 마물 여덟 마리를 포대가 겨눴다.
오크들은 둔중한 움직임으로 이쪽을 보았다.
어지간히 자신의 방어력에 자신이 있는지 피하려고 하지 않았다.
……그 자신감도 이해가 갔다.
고작 여파라고는 하지만【궁니르】를 버텼으니까.
하지만 그건 과신이다.
"【일제 포격】."
포가 일제히 불을 뿜었다.
팔석을 통째로 화약으로 썼다.
즉, 300명분의 마력이 그대로 파괴력으로 변환된다는 뜻이다.
폭탄을 적에게 때려 박는 것과는 달리 포탄 하나에 위력이 집약되었다.
범위 공격은 아니게 됐지만 한 개체에 대한 위력은 포가 몇 단계 위였다.
다루기 쉬운 마법 중에서는 최고 위력을 자랑했다.
그 힘이 지금 눈앞에 나타났다.
상급 마물 여덟 마리의 배가 뚫렸고 그 여파로 몸이 갈가리 찢겼다.
눈앞에 있던 마물은 전멸했다.
학원 측이 학생들을 총동원하여 대항하며 고전했던 무리를 나는 혼자서 유린했다.

뒤돌아 에포나를 향해 웃었다.

"지금까지 사정이 있어서 실력을 숨기고 있었어. 이게 내 진짜 실력이야. 그날 했던 약속을 다시 한번 말할게. 나는 안 죽어. 네가 폭주하면 전력으로 막을 거야. 믿어 줄래?"

에포나가 대답하려고 입을 열었다.

그리고…… 나는 뒤로 힘껏 뛰었다.

내가 있던 곳에 거대한 쇠몽둥이가 내리쳐졌다.

그걸 휘두른 것은 마족 오크 제너럴.

무시무시한 거구와 그에 따른 파워가 있으면서도 기척을 숨기고 땅속에 숨어 이동하여 기습을 가했다. 단세포인 오크종이면서 이 녀석은 계산적이었다.

"호오, 죽일 수 있을 줄 알았는데. 빈틈이 없는 애송이군."

"그러는 너는 빈틈투성이네."

암살자는 방심하지 않는다.

아무리 기척을 지워도 이 눈은 마력이 보인다.

이 녀석이 땅속에서 다가오는 것은 보였었다.

보여서 알고 있었기에 카운터도 준비했다.

쇠몽둥이를 피할 때, 임계점에 달한 팔석을 바보같이 벌린 입에 던져 넣었다.

입안에서 팔석이 폭발했다.

팔석의 위력이라면 아무리 마족이라고는 해도 무사할 수 없다.

머리가 날아가 있었다.

하지만…….

"아깝구나, 아까워. 그 미숙한 암컷이 아니라 네가 용사였다면 나는 졌을지도 모르지. 그러나 너는 평범한 인간이다."

날아간 머리가 순식간에 회복되었다.

재생 능력 같은 잡스러운 능력이 아니었다.

좀 더 이질적인 무언가였다. ……이게 바로 용사만이 마족을 죽일 수 있는 이유.

마족은 육체를 가지지만 존재의 힘이라는 것으로 구현된다.

존재의 힘을 없애지 않으면 육체는 얼마든지 복원되고, 존재의 힘을 없앨 수 있는 것은 용사의 일격뿐이었다.

"에포나, 싸워! 이렇게나 내가 강하다는 걸 보여 줬는데 아직도 못 믿겠어?"

"하지만, 나는."

"한창 싸우는 도중에 여유롭군. 후회할 것이야."

오크 특유의 괴력으로 거목처럼 거대한 쇠몽둥이를 종횡무진 휘둘렀다.

그 속도는 상궤를 벗어나 있어서 보이긴 해도 회피가 아슬아슬했다.

공격도 단순해 보이지만 그렇지 않았다.

보통은 끝까지 휘두를 수밖에 없는 기세에서도 무리하게 근육으로 멈추고 되돌렸다. 공격을 예측하기 어려워서 신경이 소모되었다.

그저 전력을 발휘했을 뿐이라면 진작에 잡혔다.

아슬아슬하게 대응할 수 있었던 것은 약을 써서 뇌의 제한을 해제했기 때문이었다.

특제 약을 주입해서 리미터를 해제하고 일반인의 20배나 되는 마력으로 신체 능력을 강화하고 있었다.

이것 또한 원래는 용사를 상대하기 위한 비장의 카드였다.

이렇게 무리해서는 그리 오래 버티지 못한다.

눈앞에서 풀 스윙된 쇠몽둥이를 피했지만 풍압에 몸이 날아갔다.

보복하듯 독을 바른 티타늄 단검을 투척, 놈의 허벅지에 깊이 박혔다.

"오오, 나조차 움직이지 못하게 하는 독이 있을 줄이야. 하지만 독과 함께 살을 버리면 그만이지."

자신의 한쪽 다리를 뜯어내고 순식간에 재생시켜 돌진했다.

정말로 싫어졌다.

육체적인 피로는 【초회복】이 치유해 준다. 하지만 집중력이 언제까지 유지될까.

……이 싸움은 나와 오크 제너럴의 싸움이 아니었다.

에포나가 내 강함을 믿어 줄지 말지의 싸움이었다.

내가 다진 고기가 되기 전에 에포나가 싸움에 나서도록 강함을 계속 보여 줘야 했다.

이건 고생 좀 할 것 같다.

수백 마리에 달했던 군세를 해치웠다.

남은 것은 단 한 마리.

그런데도 절망적인 싸움에 처해 있었다.

"너는 기사가 아니군. 야비하고, 가차 없고, 재미있어. 이번에는 어떻게 죽일 거지?"

오크 제너럴이 희색만면하여 돌진했다.

아까부터 방법을 바꿔 가며 열 번 넘게 죽였다.

참살, 박살, 교살, 척살, 구살, 독살, 폭살, 압살, 소살, 사살.

이렇게 다양한 방식으로 죽일 수 있었던 것은 마하가 장만해 준 【두루미 혁낭】에 준비가 되어 있었기 때문이다.

그중 어느 것도 효과가 없었다.

바로 재생하여 아무 일도 없었던 것처럼 달려들었다.

슬슬 패가 다 떨어질 듯했다.

"【바람 우리】."

오리지널 마법의 영창이 끝나고 마법이 발현했다.

바람을 조종하는 마법을 이용한 마법.

바람 우리.

이름만 들으면 그다지 위력이 없을 것 같지만 바람의 성질이 문제였다.

대기 중에 있는 이산화탄소만을 정해진 공간에 채운다.

이산화탄소 100%인 공간에 내던져지면 체내 산소가 순식간에 방출되어 바로 질식한다.

……이것 또한 용사를 죽이기 위한 기술이었다.

아무리 용사가 파격적인 방어력을 가지고 있어도 숨은 쉰다.

그렇다면 산소를 빼앗아서 죽일 수 있을지도 모른다.

그래서 개발한 마법이지만 마족에게도 효과적이었던 모양이다.

오크 제너럴이 눈을 까뒤집고 절명했다.

거리를 두고 숨을 골랐다.

약물로 리미터를 해제하고 전력으로 싸웠다.

체력과 마력 소비가 엄청나지만 몸에 주는 대미지도 컸다.

【초회복】은 숙련도가 올라가서 이제 회복력이 120배 정도 됐으나 역설적으로 말하면 고작 그 정도였다.

1초에 120초분, 즉, 2분 정도의 회복이 가능한 능력일 뿐이다.

그것을 웃도는 기세로 체력과 마력을 계속 소비하고 몸이 상하면 언젠가 움직일 수 없게 된다.

한참 전부터 회복이 쫓아오지 못하는 수준으로 무리했다.

그러지 않았으면 진즉에 끝장났다.

"왜 죽었는지조차 모르는 방식으로 죽은 건 처음이군. 이걸로 끝인가?"

당연한 듯 녀석은 되살아났다.

그 모습을 주의 깊게 관찰했다.

"……글쎄, 그렇게 생각하면 덤벼."

엷게 웃었다.

다양한 살해법을 시도하는 것에는 의도가 있었다.

죽는 순간과 되살아나는 방식을 관찰 중이었다.

투아하데의 눈으로.

마력의 움직임, 살해법에 따른 재생의 차이를 파악하여 불사의 비밀을 파헤칠 생각이었다.

책에는 존재의 힘으로 육신을 입었다고 추상적으로 적혀 있었지만 그걸 액면가 그대로 받아들일 생각은 없었다.

뭔가 규칙이 있을 터다. 그걸 해명하면 죽일 수 있다.

……나는 악착스러운 면이 있었다.

에포나가 끝내 일어나지 않으면 죽을 수밖에 없다고 담담히 받아들이지 못했다.

그래서 자력으로 이길 방법도 생각하고 있었고, 그것조차 불가능하면 어떻게 할지도 생각하고 있었다.

이 페이스라면 싸울 수 있는 한계는 50초, 이 녀석 상대로 조금이라도 긴장을 늦추면 죽기에 페이스를 늦출 수도 없다.

드디어 진짜 마지막 수단을 써야 할 것 같다.

마지막 수단이란, 여력이 있을 때 철수하여 기척을 지우고 숨어서 회복을 기다리는 것.

그리고 학원에 돌아가 디아와 타르트를 데리고 도망치는 것.

20초 내로 판단한다면 실현 가능하다.

앞으로 10초…….

"뭔가를 꾸미고 있군. 나를 즐겁게 해 다오."

일방적으로 먹이를 사냥하는 포식자의 얼굴로 다른 방식은 모르는 것처럼 쇠몽둥이로 때리려 들었다.

시간이 다 됐다. 이걸 피하고 도망치자.

쇠몽둥이의 궤도를 파악했다.

하지만 그 일격을 피할 필요가 없어졌다.

"루그, 네가 얼마나 강한지 잘 알았어."

내게 휘둘러진 쇠몽둥이를 에포나가 막았기 때문이다.

오크 제너럴이 아무리 힘을 줘도 꿈쩍도 하지 않았다.

"너는 강해. 하지만 내 힘은 막을 수 없어……. 하지만 나를 죽일 수는 있을 것 같아. 하나 약속해 줘. 내가 괴물이 되면 죽여 줘. 그렇게 약속해 준다면 나는 힘을 쓸 수 있어."

괴물이 되면 죽여 달라고?

광대가 올라갔다.

원래부터 나는 그럴 생각이었으니까.

……에포나와 그 외 모든 것을 저울질해야만 하는 그때까지는 친구로 있겠다. 에포나를 죽이지 않고 세계를 구할 방법을 찾겠다.

그날 묘지에서 그렇게 다짐했다.

"내 앞에서 수다를 떨다니 여유롭구나!"

오크 제너럴이 허공에서 쇠몽둥이를 하나 더 불러내 내리쳤다.

에포나의 정수리를 직격했고…… 쇠몽둥이가 부러졌다.

"시끄러워."

에포나가 쇠몽둥이를 잡은 손을 휘둘렀다.

오크 제너럴이 날아가 돌벽에 처박혔다.

빨간 아지랑이가 에포나 주위를 뒤덮었다.

이 스킬이 뭔지 안다.

S랭크 스킬, 【베르세르크】.

스오이겔 왕국에서 용사로 의심했던 세탄타가 썼던 스킬이다.

남성이면 뿔이 나고 근육이 팽창하는 등 육체적으로 변화가 나타나지만, 여성이면 붉은 아지랑이를 휘감는다.

"루그, 나를 죽이겠다고 약속할 수 있겠어?"

【베르세르크】의 영향으로 당장 날뛰려 드는 충동을 참으며 에포나가 물었다.

"약속할게. 만약 네가 괴물이 된다면 내가 죽이겠어……. 비장의 비밀을 밝힐게. 나는 암살자라서 그런 일은 특기야."

에포나가 미소 지었다.

어린아이처럼 순진무구한 미소였다.

믿어 주었기에 나는 친구로서 신원을 밝혔다.

"응, 안심했어."

에포나는 벽에 처박힌 오크 제너럴에게 시선을 보냈다.

한 발, 한 발 천천히 걸었다.

점점 힘을 키우면서.

붉은 아지랑이가 활활 타올랐다.

끝없이 무한하게 힘이 커졌다.

그와 함께 에포나의 표정이 광기에 찼다.

주먹을 움켜쥐었다.

"그, 그 힘은 뭐냐. 아무리 용사여도 그런 힘은 있을 수 없어! 설마, 너는, 모조품이 아니라, 진짜(오리지널)."

오크 제너럴이 처음으로 당황했다.

"오지 마아아아아아아아아아아."

크게 입을 벌려 오크와 고블린을 잇달아 만들어서 에포나를 공격하게 하고 본인은 도망치려고 했다.

하지만 오크와 고블린은 에포나의 걸음을 막지 못했다.

왜냐하면 【베르세르크】로 인해 분출된 붉은 아지랑이에 닿은 순간, 티끌 하나 남지 않고 소멸했기 때문이다.

……아마 내 【포격】도 포탄이 붉은 아지랑이에 닿은 순간 사라지리라. 【궁니르】도 효과가 있을지 의심스러웠다.

저렇게 되면 그냥 끝이다.

건드릴 수조차 없다.

"나는 이제 자신을 억제할 수 없어. ……이히히히히, 전부 담아서 날려 버리겠어."

에포나가 주먹을 치켜들었다.

붉은 아지랑이가 주먹에 집중됐다.

"안 돼애애애애애애애애애애애."

"아하하하하하하핫하하하하하하!"

오크 제너럴의 비명과 에포나의 외침이 함께 울렸다.

전신전령을 다한 에포나의 일격은 접촉하기도 전에 오크 제너럴의 모든 것을 소멸시켰고, 붉은 충격파가 땅끝까지 도려냈다.

한계까지 눈에 힘을 담아 그 모습을 보았다.

먼저 오크 제너럴의 육체가 소멸했고, 이어서 빨간 보옥 같은 것이 부서지며 존재가 사라졌다.

……마족을 죽이는 법. 지금까지 내가 죽였을 때와의 차이를 보고 마침내 구조를 알았다.

그렇군. 방식에 따라서는 죽일 수 있겠다.

물론 빨간 보옥이 본체라서 그걸 부수면 죽는 그런 허술한 원리는 아니었다.

용사의 힘이 가진 특수성이 열쇠였다.

"에포나가 주먹을 똑바로 내질러 줘서 다행이야."

대지를 향해 주먹을 휘둘렀다면 내 【궁니르】 이상의 대참사를 초래했을 것이다.

자, 그럼 마지막 일이다.

에포나는 핏발 선 눈으로 하늘을 올려다보며 떠들썩하게 웃었고…… 턱에 【포격】을 맞아 기절했다.

"죽이겠다고 약속은 했지만, 이번에는 죽이지 않아도 될 것 같네."

위험했다.

눈이 완전히 맛이 가고 이성이 날아가 있었다.

저런 힘으로 날뛰면 주변 일대가 초토화된다.

에포나가 진심으로 싸우지 못할 만했다.

전신전령을 다한 일격으로 모든 아지랑이를 날린 직후였기에 【포격】이 통했다.

……아지랑이가 없는 상태에서 전차포에 필적하는 【포격】을 때려 박았는데도 턱에 충격을 가하는 게 고작이라니 웃음이 났다.

하지만 이 상황이라면 죽일 수 있다.

기절한 에포나를 내려다보았다.

지금이라면 【궁니르】로 급소를 뚫어서 죽일 수 있을지도 모른다.

하지만 그러지 않을 거다. 그렇게 정했다.

"뜻밖에도 죽일 수 있다는 건 증명됐네."

힘을 다 썼을 때 기절시키고 비장의 카드를 꺼내면 죽일 수 있다는 사실을 알게 된 것은 수확이었다.

에포나를 업고 걷기 시작했다.

학원에 돌아가자.

에포나가 일어나기 전에 오크 무리를 날려 버린 것도 전부 그녀가 한 일이라고 해 두자.

내가 그랬다는 게 밝혀지면 또 일이 귀찮아질 것 같으니까.

에포나를 업고 주위를 보니 꼴이 엄청났다.

내가 날린 신창 【궁니르】로 지형이 바뀌어 있었다.

이 시대에 처음으로 마족이 출현하여 학원은 어마어마한 피해를 입었다.

학원이 보이기 시작했다.

마중 나온 사람들이 달려왔다.

그럼 어떻게 설명할까.

◇

꼬박 한 시간 동안 사정을 설명하고 해방되었다.

내 활약을 전부 에포나에게 떠넘겼다.

제2면회실에서 나오니 타르트와 디아가 다가왔다.

아무래도 나를 기다려 준 듯했다.

두 사람의 무사한 모습을 보고 안도했다.

"수고하셨어요. 루그 님."

"이번에는 요란하게 싸웠네."

두 사람은 내가 한 짓임을 눈치챈 것 같았다.

"오랜만에 마음껏 날뛰어서 속이 시원해."

"하지만 용사 앞에서 진짜 실력을 보여도 괜찮은 건가요?"

"괜찮을 리가 없잖아?"

"역시 그렇군요."

에포나는 아마도 해석계 스킬을 가지고 있다.

오크 제너럴을 계속 죽이는 과정에서 거의 모든 카드를 내보였다.

그 모든 수단이 통용되지 않게 된 것은 큰 손해였다.

"하지만 후회하지 않는 거지?"

"그래. 이 학원도 너희도 지키고 싶었어. 그게 나의 최우선 목표야. 그리고 디아가 협력해 준다면 더 대단한 카드를 만들어 낼 수 있어."

두 사람의 머리를 쓰다듬었다.

그러자 둘 다 몸을 맡겨 왔다.

"학원은 어떻게 될까?"

"아마 휴교하겠지."

외벽이 거의 무너져서 요새 역할을 하지 못했다.

부상자는 다수. 사망자도 나왔다.

휴교면 다행이고 폐교조차 있을 법했다.

"아쉽다. 이 학원, 꽤 즐거웠는데."

"……나도 그래."

하지만 이건 어쩔 수 없는 부분이었다.

뒷일은 어른들에게 맡길 수밖에 없다.

"아무튼 계속 서서 얘기하기도 뭐하니 돌아가자. 배고파. 식사를 제공해 주면 좋겠는데."

"만일의 경우에는 맡겨 주세요. 매일 남는 재료를 보존 식품으로 가공해서 숨겨 뒀어요."

"어? 타르트, 그런 일을 하고 있었어? 난 몰랐어."

"후후후, 가난한 마을에서 살았으니까요. 굶주림이 얼마나 힘든지는 잘 알아요."

아마 귀족 사용인 중에 이런 일을 하는 사람은 타르트뿐일 것이다. 흐뭇했다.

기숙사에 도착했다. 다행히 기숙사는 무사했다.

오늘은 식사하고 푹 쉬자.

◇

이튿날, 전교생을 모은 집회에서 정식으로 휴교가 발표되었다.

학원 복구에 두 달이 걸린다는 모양이라 그때까지 자택 대기였다.

애초에 여름 방학이 두 달이니 그걸 앞당겨 쓰는 형식이었다.

폐교되지 않은 것은 다행이었다.

귀족 자녀를 위험에 빠뜨려 각처에서 항의하고 있을 테지만, 반대로 이 학원이 있었기에 마족의 군세를 조기에 정리할 수 있었다는 점이 높이 평가된 듯했다.

마물과 싸우는 것은 마력 보유자의 의무라서 이치에는 맞았다.
“두 달 휴식인가요. 갑자기 시간이 생겨 버렸네요.”
“마침 이것저것 하고 싶던 참이야. 딱 좋아.”
마족을 죽이는 방법을 실험하고 싶었고, 새로운 카드도 보충해야 했다.
학원에 다시 돌아올 때까지 두 달 동안 그 일들을 하자.
우리 곁으로 에포나가 왔다.
미안해하는 얼굴로 쭈뼛거리며.
하지만 조금 긍정적으로 변한 것 같았다.
“여태 감사 인사도 못 했네. 미안해. ……날 막아 줘서 고마워.”
“약속했으니까.”
“또 그렇게 되면 날 막아 줘.”
“그때는 죽여서라도 막아 줄게.”
그건 약속이었고 내가 이 세계에 온 의미였다.
에포나를 죽일 수밖에 없게 되면 그때는 내가 죽이자.
하지만 우선은 그렇게 되지 않도록 온 힘을 다하자.
“그럼 나는 갈게.”
“고향으로 돌아가?”
“아니, 기사단 거점에 머물게 됐어.”
마족이 나타나면 바로 용사를 파견하기 위해서겠지.
“한동안 이별이네.”
“쓸쓸해지겠다. 또 보자.”

"그래, 또 보자."

에포나가 떠나는 모습을 지켜보았다.

"타르트, 디아. 우리도 돌아갈까."

뒤늦게 학원을 도와주러 온 기사단이 학생들을 가장 가까운 도시까지 데려다주기로 했다.

"네, 루그 님. 돌아가면 투아하데의 재료로 맛있는 요리를 만들게요."

"나는 이곳에 가져오지 못한 연구 자료를 재검토하고 싶어."

다시 한번 힘을 기르자.

더 강해질 수 있게.

……그리고 마족을 죽이는 방법도 완성해야 했다.

단순히 에포나를 살리고 싶기 때문만은 아니었다.

마족을 쓰러뜨리지 않으면 소중한 것을 잃는 상황이 됐을 때, 후회하지 않도록.

용사의 힘을 의지해야만 소중한 것을 지킬 수 있는 상황은 내 자존심이 허락하지 않는다.

마차가 와서 올라타고 출발했다.

창문을 열고 학원의 문을 돌아보았다.

"다시 돌아올 거야."

학원이 점점 작아졌다.

이 학원에 있었던 기간은 짧지만 제법 즐거웠다.

더 강해져서 이곳으로 돌아오자.

■작가 후기

『세계 최고의 암살자, 이세계 귀족으로 전생하다 2』를 읽어 주셔서 감사합니다. 작가 『츠키요 루이』입니다.

2권에서는 여신이 죽이라고 명한 존재인 용사와 만납니다.

죽여야만 하는 상대와 만난 루그가 어떻게 행동할지 기대해 주세요!

2권은 인터넷판과 비교하면 별개의 소설일 정도로 파워업했습니다. 즐겁게 읽으셨으면 좋겠습니다.

3권은 이전 권들보다 좀 더 러브 코미디 분위기가 나면서 세계의 수수께끼에 다가갑니다!

선전

카도카와 스니커 문고에서 『회복술사의 재시작』 6권이 같은 날 발매됩니다. 회복술사의 밝고 즐거운 복수담. 꽤 야하고 자극적인 내용인데 궁금하시면 그쪽도 꼭 봐 주세요!

감사 인사

이 책을 구매해 주신 분들과 작품에 관여한 모든 분께 감사드립니다!

세계 최고의 암살자,
이세계 귀족으로
전생하다 2
SEKAI SAIKO NO
ANNSATSUSYA
ISEKAI KIZOKU
TENNSEI SURU
2권 발매
축하
드립니다!
학원 생활도 시작되고
용사도 등장해서,
두근두근해요~!!
레이아

세계 최고의 암살자, 이세계 귀족으로 전생하다 2

1판 1쇄 발행 2020년 5월 20일
1판 2쇄 발행 2021년 10월 22일

지은이_ Rui Tsukiyo
일러스트_ Reia
옮긴이_ 송재희

발행인_ 신현호
편집장_ 김승신
편집진행_ 원현선 · 권세라
편집디자인_ 양우연
관리 · 영업_ 김민원 · 조인희

펴낸곳_ (주)디앤씨미디어
등록_ 2002년 4월 25일 제20-260호
주소_ 서울시 구로구 디지털로 26길 111 JnK디지털타워 503호
전화_ 02-333-2513(대표)
팩시밀리_ 02-333-2514
이메일_ lnovellove@naver.com
L노벨 공식 카페_ http://cafe.naver.com/lnovel11

ISBN 979-11-278-5548-2 04830
ISBN 979-11-278-5473-7 (세트)

값 9,800원

치유마법의 잘못된 사용법 1~9권

쿠로카타 지음 | KeG 일러스트 | 송재희 옮김

평범한 고등학생 우사토는 귀갓길에 우연히 만난 학생회장 스즈네,
같은 반 친구인 카즈키와 함께 갑자기 나타난 마법진에 삼켜져
이세계로 전이하게 된다.
세 사람은 마왕군으로부터 왕국을 구하기 위한『용사』로서 소환된 것이지만
용사 적성을 가진 이는 스즈네와 카즈키뿐, 우사토는 그저 휘말린 것이었다!
하지만 우사토에게 희귀한 속성인『치유마법사』의 능력이 있다고 밝혀지며
사태는 180도 바뀌게 되고, 우사토는 구명단 단장이라는 여성, 로즈에게 납치되어
강제로 구명단에 가입하게 된다.
그곳에서 우사토를 기다리고 있던 것은 험악한 얼굴의 동료들,
그리고「치유마법의 잘못된 사용법」을 구사하는
지옥훈련으로 채워진 나날이었다—.

상식 파괴「회복 요원」이 펼치는
개그&배틀 우당탕 이세계 판타지, 당당히 개막!!

라이트노벨의 새로운 빛! L북스의 신간은 매월 20일에 발매됩니다. http://cafe.naver.com/lnovel11

모험가가 되고 싶다며 도시로 떠났던 딸이 S랭크가 되었다 1~5권

모지 카키야 지음 | toi8 일러스트 | 김성래 옮김

고향 시골에서 은퇴 모험가 생활을 보내던 벨그리프는
숲에서 주운 소녀를 안젤린이라 이름 붙여서 친딸처럼 키웠다.
벨그리프를 동경하여 도시로 떠나 모험가가 된 안젤린은
길드에서 최고위《S랭크》까지 올라 분주한 나날을 보낸다.
어느덧 5년이 지나 안젤린은 힘겹게 장기 휴가를 내서
정말 좋아하는 아빠 벨그리프를 만나러 가려 하지만
느닷없이 마물 토벌에 동원된다거나 도적단과 맞닥뜨리며
좀처럼 귀로에 오를 수가 없었다.

"도대체 나는 언제쯤이면 아빠랑 만날 수 있는 거야……!"

따뜻한 이야기와 모험이 가득한 하트풀 판타지!!